DEPUIS QUE LE SOLEIL

NE SE COUCHE PLUS

Éditions Du Zebrycorne

Depuis que le Soleil
ne se couche plus

Samantha Liger

© 2023 Éditions du Zebrycorne
Chaussée de Valenciennes 137
7801 Irchonwelz — Belgique

Illustration de couverture : Pixabay
ISBN : 978-2-931210-41-3

Dépôt légal : septembre 2024
D/2024/15459/6

5

A Claire et Patrick,
Pour cette discussion sur la plage
un soir de 14 juillet.

Chapitre I

Assis sur la Dune, une bière fraîche à la main, nous devisons en attendant le crépuscule, comme des dizaines de personnes autour de nous. Nous ne sommes pas les seuls, en ce samedi ensoleillé, à vouloir assister non seulement au coucher du soleil du haut de la dune la plus élevée d'Europe, mais aussi aux nombreux feux d'artifice qui ne manqueront pas d'éclater tout autour. Ce lieu est fortement touristique.

L'ambiance y est un brin curieuse. Les cris de joie des enfants sautant les vagues, l'odeur de la crème solaire, et le sable projeté par des adolescents en train de se lancer un ballon, ont disparu. J'ai l'impression de flâner en terrasse d'une guinguette au milieu des cliquetis des fourchettes en plastique, du fumet des jambon/beurre et cornichons et des ronrons des conversations légèrement alcoolisées de rosé pamplemousse. Clara est la première à douter.

— C'est long ce soir. Il n'a pas bougé depuis tout à l'heure.

Le temps me parait également s'éterniser. Habituellement, j'aime déguster les couleurs qui commencent à changer, lorsque le soleil nous domine encore. Une fois qu'il se rapproche de l'océan, il y tombe à une vitesse folle, tel une grosse boule rouge qui tire sa révérence jusqu'au lendemain matin, noyé dans l'immensité de l'eau.

Ce soir, j'ai hâte de retrouver le ciel sombre et étoilé. Nous sommes le 14 juillet 2018. Avec un peu de chance, nous contemplerons au moins quatre, peut-être même cinq ou six feux d'artifice tirés des villages alentour. Il suffira juste de se tourner légèrement, comme le Petit Prince le faisait en déplaçant sa chaise pour admirer les couchants de sa minuscule planète.

Franck est pensif depuis la phrase de Clara. Croit-il lui aussi que l'astre solaire pourrait ne pas aller se coucher ? Je tends ma bière à bout de bras. Je tente de la faire rentrer entre le bas du soleil et le bord de l'eau, en vain. Impossible d'en déduire une mesure fiable. Mes compagnons font de même. Tout y passe : clés, décapsuleur, stylo, poche de chips, lunettes teintées. Finalement, mon ami trouve la solution. Le soleil se situe à la pointe de son pouce. Nous allons pouvoir suivre sa course. Nous trinquons en riant.

Nos voisins de serviettes évoquent tous la finale de la Coupe du Monde qui se déroulera le lendemain. Les pronostics vont bon train. Je sens l'effervescence, l'équipe nationale étant favorite. Il s'échappe parfois d'une bande d'adolescents un « Allez les Bleus ! ». Nous sourions avec indulgence. Vingt ans plus tôt, nous n'attendions pas le match sagement sur la plage. Non, nous écumions les bars depuis un mois au lieu d'aller en classe. Les jeunes d'aujourd'hui me paraissent bien sages.

Je m'allonge un long moment. Cet apéro dure. La tête m'en tourne légèrement. Franck tend son pouce en fermant un œil, puis l'autre. Il s'y reprend à plusieurs fois.

— Il n'a pas bougé.

La phrase tombe comme un couperet. Le visage de mon ami est sérieux. Il est sûr de lui.

— C'est l'alcool, dis-je. C'est évident. Nous buvons depuis des heures. Fatalement, ton pouce n'est pas fiable. Tes yeux non plus.

— Evidemment que nous buvons depuis des heures, Fred ! Il est 21h53. Regarde où en est le soleil !

Il est trop puissant pour que je parvienne à le fixer, même cachée derrière mes lunettes noires. Mais indéniablement, je dois lever le menton. Ce n'est pas un spectacle de 14 juillet, 21h53. Je me tourne vers mes voisins. Certains bronzent, allongés, ou lisent le dernier roman de gare à la mode. D'autres papotent ou sirotent un rosé. Et quelques-uns fixent l'horizon en jetant des coups d'oeil inquiets à leur montre.

Nous débattons sur les mouettes pour hâter la soirée. Et aussi parce que nous nous questionnons. Elles semblent planer de façon désordonnée. Nous ne sommes pas sûrs. Nous n'avons jamais été très attentifs à leurs vols. Nous nous concentrons donc sur les questions existentielles : où dorment les mouettes ? Où pondent-elles ? Est-ce comestible ? Pourquoi n'avons-nous jamais goûté une recette de fricassée de mouettes ? En période de guerre ou de disette, est-ce que les gens faisaient bouillir des mouettes ? Du foie gras de mouette ? Des gésiers confits ? Qui est venu en premier : l'oeuf ou la mouette ?

Cette fois-ci, c'est certain. Il n'a pas bougé d'un pouce de Franck. Il est 23h45. Le soleil refuse de redescendre dans l'océan. Les discussions légères se sont muées en ruban d'angoisse. Un homme en slip de bain, les bras en croix, psalmodie une incantation. Un autre, sa serviette de plage accrochée sur les hanches, parcourt la crête en criant à l'Apocalypse. Les familles ont replié les paniers de victuailles, entraînant leurs enfants vers le parking. Ils se rassurent : la télévision leur expliquera pourquoi le soleil ne se couche pas.

Nous nous retrouvons presque seuls. Un couple d'amoureux s'embrasse à quelques pas de nous. Tout à leur passion, ils n'ont visiblement pas compris ce dont il retournait. Un groupe de très jeunes filles prennent des selfies, pouces levés et bouches en cul de poule, face à la rive. Des touristes japonais en chapeaux de paille romantiques attendent patiemment que leur guide, paniqué, indique à quel moment ils doivent prendre le cliché idéal du couchant sur l'océan atlantique. Ils compulsent leur smartphone. Nous sortons les nôtres de nos sacs à dos.

— Allô Maman ? Tout va bien ?

— Bonjour Frédérique ! Oui évidemment. Et toi ? Comment se passent tes vacances ?

— Tu fais quoi ? Il fait jour ?

— Je regarde ma série préférée bien sûr. C'est samedi. Euh… Jour ? Je n'en sais rien, j'ai fermé les contrevents, à cause du reflet sur l'écran.

— Où est Papa ?

— Dehors je crois. Il a été cherché son télescope et a sorti ses lunettes spéciales, celles qu'il avait achetées pour l'éclipse en 2000.

— Peux-tu me le passer ?

— Attends, je te rappelle à la pub. Tu vas me faire louper la fin de l'histoire.

Le guide nippon s'approche et nous demande timidement si nous savons ce que l'office du tourisme a prévu en remplacement du coucher du soleil.

— Vous comprenez, ils ne vont jamais me donner de pourboires. L'ascension a été tellement difficile avec les talons dans le sable, les chapeaux qui s'envolaient et les perches à selfie.

Une première détonation se fait entendre. Je crie en me protégeant le visage. Les Japonais applaudissent. Nous nous tournons vers eux. En face, un feu d'artifice éclate. Curieux spectacle que ces fusées colorées qui peinent à s'illuminer. Les vacanciers prennent enfin des photos sous l'œil rassuré du guide. Un autre feu commence derrière nous, dans les terres, puis encore un le long de la côte. Nous rangeons nos affaires. Ces gerbes lumineuses sous ce ciel bleu clair me mettent mal à l'aise. Les artificiers ne se sont donc pas rendu compte que la nuit n'était pas venue ?

Nous redescendons la Dune par la forêt. Quelques minutes de marche plus tard, nous retrouvons la petite clairière où nous bivouaquons depuis le début de la semaine. De la route, nous y accédons par un chemin emprunté par les seuls connaisseurs. Nous nous y sommes installés avec une glacière et un réchaud. Et des bières. Beaucoup trop au regard de la migraine naissante dans mon cerveau.

Las de nos rythmes effrénés, des tensions au travail, des factures à payer et de la routine vaisselle, aspirateur et linge à repasser, nous avions prévu ces vacances dans la forêt, à deux pas de la Dune, mais loin de la civilisation, bercés par le son des vagues. Nous craignions juste une météo capricieuse avec l'arrivée de la pluie, et des nuits un peu fraîches.

Je grimpe dans mon hamac. Demain est un autre jour. Enfin, en principe.

Il fait grand beau quand j'ouvre les yeux. La chaleur est difficile à supporter. La toile de mon lit suspendu me colle à la peau. Pourtant, je suis placée à l'ombre d'un pin. Image identique à celle d'hier soir. Cela me revient. Le soleil ne s'est pas couché.

— Est-ce que l'on est demain ou aujourd'hui ? questionne Franck en sirotant son café.

Je descends prudemment. Lorsque l'on se réveille le matin sans savoir la date en cours, la pondération s'impose.

— Le tableau de bord affiche dimanche 15 juillet 2018. Il est exactement 10h23.

Franck nous sert un café dans nos timbales. Nous débattons sur les raisons de ce prodige. Nous écartons rapidement les effets de l'alcool. Nous avons évacué nos bières depuis longtemps et le soleil ne s'est pas couché pour autant. Nous devinons, à travers la cime des arbres, l'astre toujours situé au même endroit. Environ une fin d'après-midi. Un coup monté du gouvernement pour augmenter les taxes ? Un Dieu en colère ? Une hallucination collective ? Une faille spatio-temporelle ? Nous optons, après une âpre discussion et de nombreux contre-arguments, pour mon hypothèse.

Il s'agit certainement d'une inversion des pôles due au passage d'un astéroïde trop près de la Terre. Je ne maîtrise pas l'explication, mais j'ai lu une théorie similaire, adolescente, dans un livre de science-fiction. Nous allons quand même quitter notre coin de nature pour retrouver la civilisation. Il y aura bien quelqu'un qui saura ce que nous devons faire.

Jour de victoire

Dans les rues typiques du Sud-Ouest de la petite ville voisine, nous sentons l'effervescence. Les habitants sont vêtus de bleu, de blanc et de rouge, perruqués, armés de colliers de fleurs en plastique qui rebondissent sur leur maillot au numéro de leur joueur préféré. Des drapeaux patriotiques trônent aux fenêtres. Les voitures klaxonnent joyeusement.

Nous tentons de demander à un passant ce qu'il pense de la position du soleil dans le ciel. Sa réponse évoque la chaleur engendrée et la nécessité d'une bière fraîche pour accompagner le match.

Je compulse les réseaux sociaux sur mon téléphone à peine rechargé. Trois ou quatre personnes s'inquiètent de la disparition de la nuit. Mais, la plupart de mes contacts postent des photos de leur visage rayonnant aux joues crayonnées de nos couleurs nationales. Désemparée, je regarde mes compagnons. Les gens deviennent fous.

— Du pain et des jeux ma p'tite dame ! intervient un clochard assis sur le trottoir, donnez de la joie et de l'insouciance. Et le peuple oublie tout.

— Oui, mais quand même, la nuit, c'est difficile à oublier.

— Une finale de Coupe du Monde ! Mazette ! Il y a toutes les raisons pour que les Français en oublient ce genre de routine! Nous roulons à 80 km/h, alors nous négligeons la disparition des abeilles. Johnny meurt, raison de plus pour ne pas se rappeler que nous mangeons du glyphosate à tous les repas. Le gouvernement supprime la taxe d'habitation, et le réchauffement climatique devient une fable ! Du pain et des jeux ma p'tite dame ! » sourit-il de toutes ses dents cariées.

Le coup d'envoi du match clôt le débat. Comme tout le monde devant l'écran, je me lève. Je crie « Oh ! ». J'applaudis. Au dernier but, j'embrasse mes compagnons, mes voisins, les inconnus, le clochard. « Du pain et des jeux ma p'tite dame ». Je pense vaguement au soleil. Et aussi aux abeilles, au glyphosate et au réchauffement climatique. Ainsi qu'à Johnny, parce qu'il y aura probablement un DJ qui nous passera « Allumez le feu » dans la soirée ensoleillée.

Je n'aime pas spécialement le football. Mon dernier match date de vingt ans. Ce fameux 3-0 contre le Brésil m'a d'ailleurs laissé un très bon souvenir. « Du pain et des jeux ma p'tite dame. » J'en déduis que je suis effectivement une p'tite dame, et que je vais m'abandonner à la liesse générale. Après tout, il est possible que ce soit la dernière fois. Nous ne savons pas de quoi demain, si demain existe, sera fait.

Le lendemain arrive avec un bel astre solaire toujours coincé là-haut. Si cela doit perdurer, il faudra peut-être réfléchir à un autre système pour compter les journées. Depuis toujours, le jour succède à la nuit et les saisons se suivent. Là, il n'est plus qu'un déroulement de soleil ardent. Mon réveil indique 6 h et 33 °C. Peut-être que graduer le temps en fonction de l'augmentation de la température ambiante est une idée valable. Je devrais en déposer le brevet.

Au journal télévisé ce matin, ils évoquent à peine l'absence de la nuit. Ils précisent juste que le Président de la République, le soir de la Victoire, indiqua, les bras levés au ciel, qu'Apollon fêtait notre victoire. Ce matin, le ministère de l'Intérieur indique que les débordements violents issus des délires alcoolisés, casses de vitrines, feux de voitures sur les Champs Élysées, viols et autres tabassages en règle, eurent pour origine un mouvement de panique lié à la non descente du soleil. Cela me laisse un goût amer dans la bouche. Je laisse donc là le pain et les jeux, et m'en vais travailler.

Dans le service Alzheimer et autres démences apparentées de la maison de retraite qui me verse mon SMIC, les résidents s'urinent dessus, mélangent leurs dentiers et essaient de fuir de ce lieu sordide par la porte du cagibi. Ils sont perdus dans le temps, dans leur vie, dans les couloirs du service. Personne ici ne s'embarrasse de la question solaire. Les notions de jour et de nuit n'ont aucune importance dans ce type d'endroit.

Ce qui nous inquiète, à nous, l'équipe soignante, est le plan canicule tombé la veille. Depuis l'été 2003, durant lequel de nombreuses personnes âgées moururent déshydratées dans leurs lits alors que leurs enfants et soignants buvaient un cocktail sur la plage, le gouvernement décrète le plan canicule lorsque les températures nocturnes ne retombent plus en dessous de 20 °C. À défaut de nuit tout court, cela fait maintenant deux jours (ou quatre ? Ou deux jours et deux jour-nuits ?), que nous cuisons allègrement au-dessus de 36 °C, en moyenne, à l'ombre.

Le plan canicule signifie des ventilateurs et brumisateurs dans toutes les chambres, des stores baissés en permanence, une hydratation accrue de nos résidents, et des douches rafraîchissantes à la demande. Alors que, faute de personnel, nous n'arrivons pas à proposer une toilette hebdomadaire en temps normal.

Autrement dit, le plan canicule signifie des tonnes d'heures supplémentaires, qui ne seront ni payées ni rattrapées, et de brèves félicitations en fin d'été pour ne pas avoir laissé mourir (trop) de gens pendant que les dirigeants se doraient la pilule.

À la pause café, nous ne parlons que de football. Pour certaines de mes collègues, c'était une journée exceptionnelle: une victoire des bleus, un élan de fête et d'insouciance, un mari qui retrouve la passion, la légèreté et l'émotion. En fin de pause, nous abordons quand même l'absence nocturne. Deux hypothèses s'affrontent : l'inversion des pôles et le gaz hallucinogène envoyé par la Croatie afin de gagner face à la France en finale.

Le gouvernement ne se prononce pas. Il préconise de garder son calme. Il va trouver une solution. Sur notre petit poste radio, nous écoutons les experts débattre, puis s'insulter. Ils tombent néanmoins d'accord sur l'impossibilité matérielle que le soleil ait arrêté sa course le samedi 14 juillet 2018 à 19h32 exactement. Ils en concluent donc que cela doit être l'effet Coupe du Monde.

En terminant mon service, un vieux monsieur me souhaite une bonne soirée. Il scrute la voûte céleste en souriant.

— La saison des pluies ne va pas tarder à commencer Madame. Cette année 1953 en Côte d'Ivoire est vraiment très chaude. Vivement que nous revenions sur le continent, n'est-ce pas ?

Je rentre chez moi en me demandant quelle est la couleur du ciel en Afrique. Et en Croatie ? Est-ce que seul mon pays est concerné ? À cause du football ? Est-ce que les étoiles se sont allumées de l'autre côté des Pyrénées, en Espagne ? Est-ce que les Allemands dorment dans la nuit noire ? Le soleil anglais est-il bloqué au milieu de la mer ? Si j'ai le pied droit d'un côté de la frontière et le gauche de l'autre, est-ce que j'ai la moitié du corps dans l'ombre et l'autre dans la lumière ? Où est ce que je suis entièrement dans le crépuscule ?

J'ai besoin de savoir, d'en avoir le cœur net. Je passe une bonne partie de la nuit, enfin de la nuit éclairée, à lire des articles, tous médias confondus, effarée.

La France n'est pas l'unique pays touché. Cependant, il est le seul dont les habitants ne prennent pas la pleine mesure des conséquences, tous occupés à fêter la victoire de l'équipe nationale.

Je découvre ainsi que s'il est 19h32 sous nos latitudes, il est 13h32 à Montréal, 17h32 à Abidjan, 14h32 à Buenos Aires, 23h32 à Calcutta, 01h32 à Hong-Kong, 0h32 à Sidney et 20h32 à Moscou. Il fait plein jour au Pôle Nord et nuit noire sur quasiment tout le Pôle Sud. Les Amériques se sont arrêtées au cœur de l'après-midi. L'Océanie est plongée dans l'obscurité. L'Europe et l'Afrique sont divisées entre des parties diurnes et d'autres nocturnes. Kinshasa, en République Démocratique du Congo, a le curieux privilège de pouvoir admirer un perpétuel couchant. Le crépuscule suit une ligne traversant le Soudan, l'Égypte, la Turquie et longe la frontière kazakhe pour décrire un grand arc au coeur de la Russie.

Dans certaines régions du monde la chaleur est insoutenable, frôlant les 50 °C, alors que d'autres frissonnent sous des températures extrêmement négatives. Le prix du pétrole s'est envolé et l'or noir commence à manquer dans certains dépôts. De nombreux financiers se suicident suite à un crash boursier. Les paysans pleurent les champs qui ne voient plus la lumière ou qui, au contraire, sont déjà brûlés. Certains conflits s'atténuent devant l'ampleur de la catastrophe mondiale, faisant place à une solidarité archaïque.

L'arrêt de la course solaire est revendiqué simultanément par l'EI (l'Empereur Inti), l'ETA (l'État Tributaire d'Apollon), la ligue anti-chouettes et autres animaux nocturnes, le collectif free party des états du sud et un groupuscule espagnol promulguant la culture du safran sous serre.

Le Président des Etats-Unis d'Amérique se dépêche de construire un mur soupçonnant les Mexicains. L'Union Européenne trouve que les Anglais exagèrent un peu pour motiver le Brexit et leur demande de rendre la nuit. Les adeptes de la théorie de la Terre plate supplient les reptiliens de repêcher l'astre solaire caché en dessous.

Les magasins sont pillés. Les sirènes de police hurlent. Des émeutes éclatent. Des concerts de solidarité s'organisent au profit du retour du soleil. Des milliers de personnes prient des dieux différents.

L'ONU tient un sommet depuis trois jours. Les chefs d'État se rencontrent, inquiets, craignant de multiples insurrections, la fuite des capitaux et la démission de leurs chefs cuisiniers. Les grands industriels se frottent les mains. Ils imaginent comment ils vont pouvoir tirer profit de cette nouvelle donne. Déjà, la machine à créer la nuit est en cours d'expérimentation.

À mon grand regret, je découvre que la lune a disparu, introuvable dans les cieux. Les satellites sondent, en vain, les alentours de la Terre. A 19h32, heure française, moment où la Terre a cessé sa course sur elle-même, son célèbre satellite naturel s'est volatilisé. Les poètes la pleurent. Elle manquera grandement aux amoureux.

Bref, avec tout cela, sur les télévisions françaises, il ne faut tout de même pas oublier que nous sommes champions du monde. Chantons la Marseillaise tous en cœur. « Du pain et des jeux ma p'tite dame ».

Panique

Il s'est passé plusieurs semaines depuis que l'astre solaire ne se couche plus. Nous nous organisons, certes un peu laborieusement, mais avec bonne volonté. Nous préférons notre sort à celui de l'Océanie, condamnée à la nuit perpétuelle. Après tout, la misère est moins pénible au soleil, comme le disait ce regretté Charles.

Les populations entament un mouvement migratoire vers la Russie où le crépuscule semble riche de promesses. L'Euro et le Dollar ont déjà été dévalués deux fois. De nombreuses personnes ne travaillent plus. De toute façon, dès la fin du mois de juillet, peu ont reçu un salaire. Les banques font visiblement faillite et puisent dans les petites économies des retraités. Je ne suis pas concernée, je n'ai jamais été capable de mettre trois sous de côté. Ma carte bleue ne fonctionne plus. Je continue d'aller à la maison de retraite parce qu'il est nécessaire de s'occuper des anciens.

La chaleur est étouffante, dans les 41° par chez nous. La consommation d'eau est restreinte. Nous pouvons en tirer de 6 h à 7 h et de 20 h à 21 h. Nous n'assurons plus l'accompagnement à la toilette de nos petits vieux qui d'ailleurs, meurent plus vite que d'habitude. Le dessèchement ? La déshydratation ? L'incompréhension de la situation ? Le flot de nouvelles paniquantes déversées par les chaînes d'information ? Nous décidons, dans la maison de retraite dont le Directeur n'est pas rentré de vacances, de prendre en charge chacun un ou deux résidents chez nous, et de ne venir que ponctuellement vérifier s'il reste un peu de matériel et de médicaments.

Cette décision débouche sur une foire aux anciens absolument glauque où chaque professionnel essaie de récupérer un individu pas trop dérangeant, continent et qui mange peu. Nous sommes en rupture de stock pour les protections, les couches pour adultes. Nous nous servons dans la réserve de draps, mais sans eau pour les laver, la gestion de l'incontinence est plus que compliquée. Le prix d'une bouteille d'eau dépasse maintenant la pinte de bière. Le monde diurne sombre doucement dans l'alcoolisme.

De l'autre côté, dans la nuit, les gens congèlent. Là-bas, l'électricité est restreinte. Ils déforestent en catastrophe. La Nouvelle-Zélande commence à ressembler au bush australien, la neige en plus. Leurs vieux à eux s'éteignent de froid et de dépression hivernale. Moi, je ramène ma patiente dans mon humble demeure. Au tirage au sort, j'ai eu plutôt de la chance. J'ai hérité de Mamie Lisette, 98 ans, et un beau dentier tout neuf. Elle était jadis épouse d'apothicaire, et tenait son ménage et ses huit enfants d'une poigne douce et délicate. Ses yeux bleus, perdus dans les rides de son visage, rient même lorsque tout est gris. Elle ne parle que très peu, et surtout pour désigner ses traitements en disant qu'elle n'en veut pas. Le reste du temps, elle est sagement assise, les bras croisés sur ses genoux, en souriant dans le vide.

Je sature de cette sécheresse. J'ai des plaques d'eczéma sur tout le corps, à vif par la transpiration permanente. J'ai essayé d'aller voir mon médecin mais celui-ci vient de mourir d'une septicémie. Il ne se lavait plus les mains entre deux patients et était en rupture de stock de gel hydroalcoolique. La pharmacie a été pillée il y a trois semaines. Nous ne savons pas qui des drogués en manque, des dealers de paracétamol ou d'une association de mères dépressives addicts aux anxiolytiques ont commis ce méfait. Toujours est-il que je me résous à aller à l'hôpital me débarrasser de ces plaques, au risque de les échanger contre le choléra, dernière maladie nosocomiale à la mode.

J'entre dans le service des Urgences. La salle d'attente est déserte. Un trou dans le mur montre l'emplacement d'un climatiseur, probablement volé par un receleur vendant ce type de marchandises à prix d'or au marché noir. Les machines à friandises sont également saccagées, les fontaines d'eau vides depuis une semaine.

Je dépasse l'accueil où rien n'indique une quelconque présence et me dirige vers la double porte qui, normalement cachent des internes qui courent en tous sens pour soigner bobos et plaies ouvertes.

Prudemment, je l'ouvre. Je sens un objet froid sur ma nuque.

— Si tu bouges, je te découpe », indique une voix anxieuse.

Rester immobile est compliqué. L'eczéma me démange. J'ai une furieuse envie de me gratter le ventre jusqu'au sang, mais curieusement, je tiens à la vie. L'avenir paraît incertain. Mon espoir dans ce qui nous attend sur notre bonne vieille planète, coincée dans sa course, est très limité. Cependant, je n'ai aucun désir de mourir, là, maintenant, sous les coups d'un scalpel, dans un couloir désert de l'hôpital.

— Qu'est-ce que tu veux ?

— Voir un médecin…

— Pourquoi ?

Lui répondre que je cherche un bon parti pour me marier me paraît hilarant, mais l'homme semble trop nerveux pour lui faire une démonstration de mon humour idiot. Je lui explique alors mon état cutané, honteuse de le déranger pour si peu.

Il appelle une collègue qui m'examine et confirme la présence des pustules purulentes d'un sincère « beurk ! ». L'homme abaisse enfin son scalpel et me noue un bandeau sur les yeux, tout en m'expliquant d'une voix apaisante, qu'il allait me soigner.

Nous parcourons le dédale des couloirs. Il évoque qu'ils ne sont plus que trois médecins et une poignée d'infirmiers. Le travail ne manquait pas au début : les yeux brûlés par le soleil, les accidents dus à la fête trop arrosée de la Coupe du Monde, les dépressions, les tentatives de suicide, la déshydratation puis les contaminations faute d'eau et d'hygiène.

Tout en me guidant, le médecin continue son histoire d'un ton monocorde. Il y a eu ensuite les pillages : réserves d'eau, médicaments, matériel médical, blouses, gants, climatiseurs et même une attaque spéciale pour les télévisions dans les chambres. L'armée est venue, puis est repartie vers des cas plus graves.

Dans le silence des couloirs, il m'explique que depuis une semaine, les lieux sont désertés. Il n'y a plus rien à voler, plus rien pour guérir. Les membres du personnel encore fidèles à leur poste se sont retranchés dans des recoins obscurs, après avoir sauvé quelques boites d'aspirine et des bouts de gaze stériles. Ils se relaient pour garder l'entrée et prendre soin du peu de visiteurs qui, comme moi, bravent l'ardeur du soleil.

L'équipe veille bien à ne laisser aucune trace de leur présence dans les locaux, à bander les yeux des quelques patients pour ne pas révéler leur cachette, à éteindre les lumières et à limiter les bruits.

Mes compagnons en blouse blanche m'ôtent le bandeau dans une pièce au plafond bas. Une dizaine de personnes est réunie ici. Deux infirmières jouent aux cartes sur une table à roulette. Un aide-soignant prépare des sandwichs au pain rassis pour ses collègues. Des hommes en blouse bleue, des chirurgiens sans doute, discutent à voix basse au fond de la salle. Les autres contemplent un antique téléviseur avec concentration. Ils marquent un sursaut à notre entrée, mais reprennent vite leur occupation.

Ils m'installent sur un brancard à la couleur douteuse et m'aident à ôter mes vêtements. Mon ventre, mon dos, mes bras et une partie de mon visage sont couverts de plaques rouge et suintantes. La caresse du tissu m'arrache des larmes. Le sang coule à certains endroits à force de grattage, voire de griffures.

Le doc me donne un antihistaminique et recouvre en silence mes plaies d'une espèce de tulle gras qui me soulage aussitôt. Il s'applique, consciencieusement. Je vois les cernes sous ses yeux et lui demande s'il rentre chez lui de temps en temps.

— Mon épouse est prisonnière dans le service psychiatrique. Elle est retranchée dans la salle de repos avec ses collègues, à attendre que les fous, qui ont pris possession des lieux, leur donnent des miettes de pain dans des piluliers une à deux fois par jour. Les tentatives de rébellion ont mené à la camisole de force ou en chambre d'isolement. Alors ils se terrent, et craignent plus que tout, que les malades trouvent un jour la vieille chambre désaffectée des électrochocs. Il faut veiller à la manière dont nous traitons nos patients.

Je n'ose pas lui rappeler son accueil au scalpel.

— Une jeune schizophrène s'est prise d'affection pour ma femme. Tous les soirs à heure fixe, elle lui tend le téléphone interne. Nous pouvons alors échanger quelques mots. Je lui recommande de cacher les pilules qu'on lui donne au fond de sa bouche avant de les recracher discrètement. Et je lui dis que je l'aime. Je reste ici pour soigner. Mais aussi pour entendre sa voix.

Je fonds sur ce médecin, touchée au cœur par cette belle et triste histoire, à laquelle je peux prévoir une vingtaine de dénouements heureux. L'agitation des soignants près de la télé me coupe dans ma rêverie romantique. Pour la première fois depuis longtemps, je me pose devant le petit écran. Une journaliste, aux cheveux hirsutes et vêtements déchirés, hurle d'un air essoufflé que ça va bientôt être la fin. Dans une scène d'émeute, je reconnais le Président de la République, encadré par des gardes du corps. Il salue de la main et grimpe dans un hélicoptère dont les pales tournent, emportant avec elles le bras d'un des hommes agglutinés sur la machine.

La journaliste commente. Le Chef d'État, certains de ses ministres, les personnages importants du pays, les riches et les influents prennent la fuite par les airs vers la Nouvelle Frontière Crépusculaire, la NFC.

La foule s'agite. Les CRS foncent dans le tas, tirent des coups de flashball. D'autres jettent leurs casques au sol ou s'attaquent à leurs coéquipiers. Le sang coule. Les gens hurlent. Dans une secousse, la caméra tombe au sol. La neige envahit le téléviseur.

Nous nous regardons, interloqués. Le grésillement s'amplifie. Il devient assourdissant. Sauf qu'il ne provient pas de l'appareil. Le téléphone sonne, mon docteur répond, plein d'espoir. Son visage se ferme. Il raccroche.

— La trêve est finie. Il y a des blessés. Tout le monde sur le pont !

Des centaines de personnes déferlent dans les couloirs. Quelques-unes sont gravement blessées, d'autres ont de simples foulures. Et enfin, certaines sont juste paniquées et ont besoin d'être dans un lieu sécurisé.

Je suis aide-soignante. Je mets de côté mon eczéma géant et j'aide ma nouvelle équipe.

Mon service dure trente-deux heures exactement. Nous fabriquons des attelles avec des barreaux de chaises, et des bandages constitués de draps. Les traitements ne sont souvent que des morceaux de sucre dilués dans l'eau en comptant sur l'effet placebo. Nous mentons beaucoup pour apaiser les patients. Je raconte effrontément qu'avec tout ça, la nuit et le Président vont bientôt revenir.

Nous n'avons pas perdu trop de monde. Nous avons rassuré beaucoup de personnes, affolées de voir les dirigeants quitter notre pays. La situation est à peu près stabilisée. Je peux quitter l'hôpital. Des gens dorment sur le lino vert élimé. Je les enjambe pour gagner la sortie. Je suis exténuée.

Il fait grand jour, à deux heures du matin. La température est de 42 °C. De retour chez moi, je découvre Franck et Clara. Ils sont venus de la ville en vélo, espérant trouver refuge dans ma maisonnée. En me servant un verre d'eau tiédasse tirée du puit, ils m'expliquent les dernières nouvelles qu'ils ont eues avant que la télévision ne devienne muette.

Il n'y a plus d'eau courante, plus d'électricité, plus de carburant. Les lignes téléphoniques sont coupées. L'Internet est un lointain souvenir. L'Euro vaut des cacahuètes. Les gens troquent, se battent ou pillent. Nombre de français migrent vers la NFC. C'est l'exode.

Je suis abattue. Je ne peux donner de nouvelles à mes parents, ma famille, mes amis. J'ai laissé Mamie Lisette seule chez moi pendant plus de trente-deux heures. Franck et Clara l'ont trouvée en train de cueillir les mauvaises herbes jaunies, en maillot de bain et sabots en caoutchouc. Elle me sourit, gentiment, ses mains sagement appuyées sur ses genoux. Elle me désigne mes cinq pieds de tomates rachitiques alors que je suis sur le point de m'écrouler de fatigue.

— Il faut cultiver le jardin

Mamie Lisette vient de dire sa plus grande phrase depuis que je la connais. Je regarde le sol qui se crevasse. L'air est sec. Le soleil brûle. Nous ne pourrons jamais rien cultiver sur cette terre aride. Nous allons tous mourir.

Le ciel s'assombrit. Il craque. Des gouttes tombent. Je danse sous l'ondée, prenant Lisette dans mes bras. La saison des pluies commence. La vieille dame répète.

— Il faut cultiver le jardin.

La saison des pluies

La pluie nous délivre. En quelques jours, elle abaisse la température ambiante à un agréable 25° perpétuel. Elle lave la nature craquelante. Elle fait briller les feuilles d'un vert profond. Elle nourrit la terre aride.

Évidemment, nous fêtons dignement son arrivée. L'alcool coule à flot. En l'absence d'électricité, les postes CD et les MP4 sont mis au rebut. Nous redécouvrons les guitares, les instruments de percussion et les cuivres. La danse me fascine. Elle me permet d'évacuer les tensions de ces deux derniers mois. Je communie avec la terre, la pluie, les musiciens. Je m'abandonne dans ces mouvements qui me rapprochent de la nature comme de mes compagnons. Je m'épuise dans ces gestes qui me laissent tremblante et apaisée, m'endormant ainsi sans me poser ces sempiternelles questions sur l'avenir qui m'envahissent depuis que la lune a fui.

Ce soir, ou du moins je préfère me dire que c'est le soir, je me déhanche sous l'averse diluvienne, en paréo comme dans une publicité pour un gel douche. Sous l'abri où il chante en grattant sa guitare, je tombe sur ses yeux. Il ne me voit pas, je ne vois que lui.

Des heures durant, je danse au son de ses mélopées lancinantes. Je suis envoûtée.

Bien plus tard, je suis réveillée par un malotru qui me demande ce que je fais ici, dans mon lit. Il est grand. Il est brun. Il a les yeux bleus. Il me regarde vraiment comme si je le gênais, là, à ronfler dans mes draps qui sentent bon la lavande. Je m'assois, et recouvre vivement les morceaux de ma peau qui dépassent. Je suis pudique. Il manquerait plus que ce jeune homme remarque les traces d'eczéma, ressemblant vaguement à la lèpre, qui parcourent mon corps.

Ce n'est pas possible que ce soit lui, le beau musicien de la veille. Ou de je ne sais plus quel jour. J'ai perdu le compte depuis longtemps.

— Je suis dans mon lit. Toi plutôt ! Qu'est-ce que tu fais là ?

Mon air indigné est ridicule. Je sais exactement comment il est arrivé ici. J'y ai largement contribué.

— Je cherche mon arrière-grand-mère.

Et sur ces paroles incongrues, l'homme sort de ma chambre en ramassant ses vêtements.

Je respire. J'ouvre mes volets. La vue me fait sourire. L'eau allège la torpeur ambiante. Elle lave le sang répandu et adoucit le cœur des gens. L'espoir renaît. Non pas l'espoir de la nuit qui finira par tomber, mais celui que le soleil ne fera pas que brûler dans le monde diurne jusqu'à la fin des temps. La pluie, le vent, les nuages, les orages, ils existent toujours.

Un éclair déchire le ciel. Je me délecte de cette vision. Je respire de nouveau, avant d'affronter ce qui peut bien se dérouler dans ma cuisine.

Franck prépare le café sur la vieille cuisinière à bois. Clara grignote son pain noir, les cheveux hirsutes d'avoir trop dansé et pas assez dormi. L'homme au regard d'eau donne tendrement une cuillère de bouillie à Mamie Lisette. Deux paires d'yeux identiques se regardent, un peu dans le vide, un peu joyeusement. La vielle dame sourit.

— Merci Guillaume.

Le musicien a donc un prénom. La génétique m'indique qu'il est l'arrière-petit-fils de la personne âgée dont la maison de retraite m'a donné la responsabilité.

— Ce n'est pas du tout ce que tu crois. Je m'occupe parfaitement de ton arrière-grand-mère !

— Je n'en doute pas une seconde. », dit-il d'un air qui me fait justement douter.

Il est ironique ? Il se moque de moi ? Il pense que les heures passées à danser étaient exceptionnelles ? Il voit à ses joues roses qu'elle est bien traitée ? Ils parlent le même langage silencieux ? Il nous espionne depuis plusieurs jours cachés dans les buissons ? Que pense-t-il vraiment ?

Lisette me coupe dans ma réflexion paranoïaque en repoussant d'un geste la cuillère que lui tend son arrière-petit-fils. Elle désigne la porte et répète le mot « viens » en me souriant. C'est notre moment à nous depuis plusieurs semaines. Juste à elle et moi, n'en déplaise au beau gosse avec qui j'ai passé la nuit, et qui va être, je le pressens, un nid à problèmes.

Main dans la main, nous nous promenons dans le jardin à la faveur d'une éclaircie. La vieille dame me désigne des plantes qui tentent d'émerger dans la terre boueuse. Elle a des troubles de la mémoire, dirait la neuropsychologue de la maison de retraite. Moi, j'aime à me dire qu'elle radote. Et comme je suis lente à comprendre et retenir les nouvelles informations, nous nous accordons à merveille.

Inlassablement, elle me montre les plantes qui poussent dans mon jardin et m'en livre leurs secrets avec ses quelques mots parfois hasardeux. Les soucis, jolies fleurs orange, soignent mon eczéma. La sauge guérit tous les maux, et surtout ceux qui me font pleurer quelques jours par mois en me tordant le ventre. Le thym désencombre nos bronches mises à mal par l'humidité. L'écorce de mon saule pleureur diminue la fièvre qui fait délirer. Et les boutons naissants de camomille que je cueille, sous le sourire de ma grand-mère d'adoption, vont calmer mon cœur qui cogne dans ma cage thoracique devenue trop étroite. J'en donnerais à son descendant aussi. Peut-être qu'ainsi, il sera de meilleure humeur au réveil.

La pluie devient lassante. Tout est gris et brumeux. Les vivres commencent à manquer, d'autant plus que nous sommes nombreux dans ma petite maison. Clara et Franck dorment ensemble dans mon ancienne chambre. Je n'ai rien vu venir, mais ils ont l'air heureux dans cette nouvelle vie. Lisette a droit au lit des invités, assez haut pour que nous puissions la coucher sans nous démettre une épaule. Elle y dort tranquillement ou regarde le plafond de ses yeux bleus et transparents. Guillaume a hérité du canapé de la salle commune. J'ai essayé plusieurs fois de le faire boire pour qu'il vienne dormir avec moi. Mais cela ne fonctionne pas à tous les coups. Eh bien, qu'il ronfle sur le sofa si cela lui chante. Moi, j'ai un coin à moi dans l'ancien placard à balais. Il me faut monter sur un tabouret pour ouvrir l'unique fenêtre, mais j'aime ce réduit aux murs que les garçons ont lambrissé et qui cache mon matelas, mes coussins et tous mes petits trésors.

Nous vivons principalement sur les récoltes du potager de mes voisins retraités, que j'avais jusqu'alors toujours trouvé démesuré, ainsi que du pillage des champs pleins de pesticides dont le maïs ne verra jamais une boite de conserve. Nous participons aux tâches agricoles, comme chaque villageois. Les garçons aiment ça. Moi aussi. Clara est plus douée pour les travaux de vannerie et de tissage. Franck se spécialise dans la fermentation du raisin et le brassage de la bière. Nous comptons planter du houblon. Nous avons négocié les graines au marché, contre des semences de tomates et d'aubergines. Il n'y a plus qu'à les regarder pousser maintenant.

Guillaume est menuisier de métier. Il loue ses services dans les villages environnants. Il ramène du fromage, des œufs et même parfois du beurre.

C'est une drôle de vie que nous avons là. Elle s'organise tranquillement et, il faut l'avouer, plus paisiblement qu'avant. Lisette resplendit et parle de plus en plus. Je me souviens à peine de la vieille dame taciturne qui restait sagement assise en bavant devant la télévision, et que j'étais si contente d'avoir gagné au tirage au sort.

Il y a bien quelques désagréments. Les barres de chocolat saupoudrées de noix de coco me manquent terriblement. Et des choses plus graves aussi. Une voisine morte en couche de son premier enfant. Une famille empoisonnée probablement par une cueillette de champignons sauvages. Un jeune enfant agonisant d'une crise d'appendicite parce que le chirurgien, à deux dizaines de kilomètres de là, opérait, avec des instruments bouillis dans l'eau, une fracture ouverte de la hanche.

Et moi, dans mon cocon-réduit, je m'ennuie. Et j'ai faim aussi. Le maïs, j'en ai marre.

La saison des pluies se termine enfin. Les champs et les potagers n'ont pas produit ce que nous avions escompté. Les mulots dévorent les pommes de terre. Les tomates deviennent noires avant leur maturité. Les aubergines ne sont pas sorties. Nous gardons espoir pour le raisin. Mais déjà nous renonçons aux futurs potirons, dont les fleurs tombent sans donner de fruit.

Nous nous réunissons au conseil du village, puisque toutes nos récoltes se valent. Le débat est animé. Les inexpérimentés que nous sommes sont d'abord accusés, à cause de notre non savoir-faire. Je ne me défends pas, cela me convient. Personne ne m'a dit que j'étais jeune depuis fort longtemps. Plus de maquillage pour me faire une bouche pulpeuse, plus de parfums capiteux, plus de coloration pour cacher les quelques fils blancs dans ma brune chevelure. Je ne peux plus tricher sur mon âge. Sans parler des traces d'eczéma qui persistent et ma peau tannée par le soleil et le travail aux champs.

Finalement, je rentre dans la mêlée. Hors de question d'avoir ruiné mon capital jeunesse cutané pour des prunes. Ou pour être tenue responsable de l'absence de prunes. Et puis, de toute manière, nous avons suivi les conseils des anciens. Peut-être bien qu'il faudrait repenser entièrement l'agriculture: les graines à planter, la façon de cultiver, l'utilisation des produits phytosanitaires. Nous n'avons plus le même climat.

Les mots sont dits. Le silence tombe. Tout le monde me regarde. Je ne sais pas ce qu'il me prend. Je leur parle de l'Afrique. De la saison des pluies et la saison sèche. De la nécessité de se rendre là-bas pour apprendre leurs techniques et négocier des semences adaptées à notre nouvel environnement. Si les habitants sont d'accords, je partirai au plus vite. En tant que guérisseuse, je me dois de me sacrifier pour les miens et de tenter l'impossible pour protéger mon village, ma culture, l'humanité et la Terre entière.

Mes mains accompagnent chacune de mes paroles. Les trémolos vibrent dans ma voix. Mes yeux brillent. Le césar de la meilleure interprétatrice dans la catégorie mélodramatique me revient assurément. Je vois Franck secouer la tête d'un air dépité. Clara fronce les sourcils. Guillaume taille consciencieusement un bout de bois sans broncher. Les villageois m'applaudissent, sortent les fûts de bière et portent un toast à ma santé. Je vais donc sauver le monde en allant en Afrique. Moi, Fred, qui ai le sens de l'orientation d'une loutre bourrée et qui n'ai jamais dépassé les frontières de ma région. Sauf un voyage scolaire dans la Creuse à la fin du collège. Si je me souviens bien, Limoges n'est pas sur le chemin de l'Afrique. Cette expérience ne me sera donc d'aucune utilité.

Guérisseuse ? Non mais quelle idée ! J'ai quand même risqué ma vie il y a plusieurs semaines pour montrer mon eczéma dans un hôpital, en pleine émeute, ne sachant le soigner seule.

Un couple d'agriculteurs d'une cinquantaine d'années se porte volontaire également. Je respire. Louis et Nadine, l'amour est dans le pré. Je défaillis de nouveau. Comment survivre deux mille kilomètres en compagnie d'un duo fusionnel ? Je me tourne vers Guillaume. C'est le candidat idéal. Il connaît les Pyrénées, passage obligé sur la route pour l'Afrique. Il est débrouillard. Il est fort. Il est confortable. Il ne lève les yeux de son ouvrage que pour regarder tendrement son arrière-grand-mère. C'est foutu, je marcherai en tenant la chandelle. Même pas, il ne fera pas nuit.

Les préparatifs du départ vont vite. Beaucoup trop vite. Je suis paralysée par la peur. Chaque jour, ou du moins régulièrement, car vraiment, je ne sais où nous pouvons en être dans le compte du temps qui passe, je reçois de la visite. Un voisin vient m'apporter un saucisson. Un autre un solide sac avec des bretelles rembourrées. Le maire me donne fièrement une toile de tente de l'armée. Une habitante âgée m'offre une gourde en cuir, que Franck me remplit de sa meilleure gnôle. Tout en continuant à soupirer. Il sait bien que je suis incapable de faire un tel voyage. Clara et lui ont essayé de m'en dissuader à de multiples reprises. Je rêve de me jeter dans leur bras en pleurant et leur avouer que je brûle de rester avec eux à la maison. Mais, curieusement, l'attitude indifférente de Guillaume me pousse à paraître stoïque et à lui montrer mon hypothétique courage.

Avec Nadine et Louis, nous vérifions une dernière fois nos trésors : de la vaisselle en alu garantie premier prix en magasin de sport, vestiges de l'époque où je campais dans des cinq étoiles sur la côte. Quelques vêtements solides, des chaussures en corde, des vestes chaudes qui nous serviront de couverture. Des vivres bien enveloppés : viande séchée, poisson fumé, fruits secs et fromage. Des outils élémentaires : couteaux, hachette, serpette. Dans mes sacoches en cuir, fabriquées par Clara, et accrochées à ma ceinture, j'ai soigneusement trié mes herbes médicinales ainsi que mes graines, pour les échanger : navets, choux, betterave, haricots verts, petits pois, carottes. Et ma précieuse gourde de gnôle.

Avant de partir, nous faisons un pèlerinage. Après une longue route sur nos vieux vélos, Clara, Franck et moi grimpons la grande Dune. L'ascension est difficile. Le sable tourbillonne autour de nous. Elle me semble plus haute que dans mon souvenir.

Au sommet, nous trinquons au paysage qui se dessine devant nous. Mon ami nous affirme qu'il a tenu un compte rigoureux et que nous sommes exactement le 14 juillet 2019. Point de feux d'artifice à l'horizon. L'unité nationale a disparu en même temps que l'hélicoptère présidentiel. À travers l'écran de poussière, l'étendue d'eau se réduit. Le bassin de notre enfance s'ensable.

— Le soleil ne se couchera pas ». Nous éclatons de rire. Nous mesurons l'espace entre le l'astre et l'océan. Un pouce de Franck. La Terre est définitivement coincée.

Ce n'est pas grave. Nous sommes là, sous une chaleur écrasante, heureux de vivre et de boire de la bière. Demain, je pars pour l'Afrique.

Sur la route

Franck me réveille. Il est 8 heures selon lui. Il est l'une des seules personnes à se repérer dans le temps, malgré ce soleil coincé à 19h32 depuis plus d'un an. Il s'est fabriqué un curieux mécanisme avec des roues dentées et de l'eau croupie. Je n'en comprends pas le fonctionnement mais, dans le doute, je crois mon ami lorsqu'il me dit qu'il est l'heure de m'activer pour quitter mon pays.

Mes draps sont froissés et encore chauds de la présence de Guillaume. Cela nous arrive de dormir ensemble. Et même parfois de parler. De la vie. De la société. Des raisons qui nous ont mené là. Cette nuit, pas de sexe entre nous, juste des confidences dans la pénombre de mon réduit. Et des bourrades de vieux potes en sombrant dans le sommeil.

Je ne l'ai pas entendu se lever. Je ne suis pas sûre de le revoir avant de partir. Cela me rend un peu triste, mais pas plus que d'abandonner Clara et Franck, mes compagnons de toujours, pour une durée si longue, une destination si lointaine, sans certitude de revenir un jour.

Dans la cuisine, Franck prépare le petit-déjeuner devant Clara et ses cheveux hirsutes du « matin » qui m'arrachent un sourire. Je prends mon ersatz de café de glands de chênes torréfiés. Ce n'est pas très goûteux quand on a eu l'habitude des expressos, mais c'est fort et noir. Psychologiquement, ça réveille. Mes amis se forcent à être enthousiastes. Je pense qu'ils croient que nous mourrons sur la route. Moi aussi d'ailleurs, je le suppose parfois. Ils rassemblent mes affaires dehors, dans notre jardin où le village entier vient nous souhaiter un bon départ. Nadine et Louis sont déjà là, prêts. Je traîne. Je ne parviens pas à faire mes adieux à Lisette qui me montre la porte.

— La mule est en chemin ! affirme-t-elle.

— Non Lisette. Vous allez rester ici avec Guillaume, Franck et Clara. Ils prendront bien soin de vous. Je m'absenterai un long moment puis reviendrai avec plein de graines. Nous mangerons des bananes, des mangues et des noix de coco pour fêter votre centenaire !

— Je répète : la mule est en chemin ! dit-elle en boucle.

— Et bien oui, allons-y !

Guillaume attend sur le seuil. Il sourit, mais je sens qu'il ne faut pas trop tarder. Je serre la vieille dame dans mes bras, passe devant lui et m'en vais rejoindre les habitants qui m'acclament, sans se douter que je suis absolument incapable d'effectuer ce voyage dont je leur ai tant parlé. Je leur offre mon plus beau rictus et vois une mule. Une grosse mule avec une selle à dossier en cuir.

Les hommes y installent une Lisette radieuse. Je ne maîtrise vraiment rien dans cette histoire.

— Tu aurais pu me le dire. Nous avons discuté toute la nuit !

— Il faisait jour.

— Tu m'énerves.

— Je sais.

Il marche d'un pas vif en tenant les rênes de l'animal. Je suis presque obligée de courir pour le suivre, en marmonnant pour que Lisette ne découvre pas que je suis extrêmement fâchée contre son arrière-petit-fils adoré.

— Tu t'es décidé quand ?

— Depuis le début.

— Pourquoi tu ne m'as rien dit ?

Guillaume s'arrête brusquement. Il a l'air légèrement excédé. Peut-être parce que je lui pose toujours les mêmes questions depuis une bonne heure.

— Tu avais peur. Si je t'avais prévenue que je venais, tu aurais cessé de réfléchir. Tu t'en serais remise à moi. Tu n'aurais pas avancé dans ta tête. Tu n'aurais pas puisé en toi le courage d'affronter ce périple. Maintenant, tu es prête. Je vous accompagne jusqu'à chez moi, dans les montagnes. Je ramène mon arrière-grand-mère pour qu'elle puisse y mourir parmi les siens. Je ne viendrai pas avec toi en Afrique. Mais vie n'est pas là-bas.

Je reste silencieuse, ce qui semble le ravir. Il a raison, le bougre.

Nous suivons une route au goudron douteux, traversant une forêt de pins interminable, depuis beaucoup trop longtemps. Jadis, c'était une belle autoroute qui descendait en Espagne. Ce n'est plus qu'un large ruban d'asphalte brûlé, dont les nombreuses crevasses témoignent de la désertion de la DDE.

Nous n'avons pas suivi le chemin longeant l'océan. Nous savons, par les quelques émissaires que nous y avions envoyés pour marchander leurs poissons contre nos pommes de terre, que les côtes ont été prises par des bandes pirates.

J'ai mal aux pieds. Nous marchons en file indienne, sur la ligne blanche. Pas d'écart, à cause des chenilles processionnaires. Elles ont complètement envahi la forêt, devenue difficilement praticable. Nous les entendons presque grignoter les aiguilles des pins secs aux branches rabougries et desséchées, hébergeant de gros nids ressemblant aux toiles d'araignées synthétiques qui décoraient autrefois les boutiques en période d'Halloween.

Les péages ont visiblement été le terrain d'affrontements violents. Cabines calcinées. Vitres brisées. Barrières cassées. Des lambeaux de tissus jaunes accrochés dans les arbres nous questionnent. Y a-t-il eu des sacrifices en ces lieux ? Des exécutions sommaires ? Des combats pour vider les caisses de l'exploitant des autoroutes ?

Nous croisons quelques échassiers qui nous saluent avec méfiance. Ils craignent moins les chenilles de là-haut, et se déplacent plus vite. Et dire qu'avant, je trouvais ridicule d'observer les vieilles traditions qui me semblait-il, n'avaient plus lieu d'être.

Nous faisons des paris sur le nombre d'heures écoulées depuis notre départ. J'ai dit douze. Mon ressenti est cependant de soixante-quinze. Je ne voulais pas paraître mijaurée. J'ai également conscience que mes cloques naissantes aux talons et l'atmosphère particulière de cette marche dans cette nature lugubre m'incitent à légèrement exagérer. Sans le mécanisme compliqué qu'a fabriqué Franck, la notion de mesure du temps s'évanouit. Cela me terrorise.

Cela fait maintenant deux ampoules que nous essayons d'installer notre bivouac sur l'autoroute. Impossible. Trop peur que les chenilles nous dévorent. L'une d'entre elle est tombée sur le bras de Nadine, devenu rouge écarlate. De grosses pustules purulentes la démangent encore plus que mon urticaire qui m'avait promu aide-soignante d'émeute. Nous avons posé notre matériel dans un coin boudé par les insectes. Je prépare une décoction de plantain. Nous avalons un morceau de viande fumée. J'en profite pour mettre du calendula sur ma troisième ampoule. Je pense que mes pieds auront disparu avant l'arrivée en Afrique.

Nous reprenons notre route. Quatre disputes avec Guillaume, un monologue avec moi-même sur la durée relative d'une heure par rapport au nombre de pas et une crampe au mollet plus tard, nous apercevons un péage gardé. Nous hésitons. Mais, de toute façon, nous sommes repérés. Guillaume attrape le drapeau blanc et l'accroche au bout de son bâton de marche.

Clara avait insisté pour que nous emportions cet immense drap immaculé, malgré nos protestations. Elle ne se rendait pas bien compte que nous foulerions des milliers de kilomètres avec des sacs à dos déjà très lourds. Mais elle avait raison. Au vu des fourches et pioches qui arment les personnages barbus en face de nous, je suis contente de pouvoir me cacher derrière ce dérisoire signe de paix.

Ils sont méfiants. Nous aussi. Louis s'approche, mains ouvertes, et explique de sa voix douce notre démarche. Ils sont toujours sur la défensive.

— Alors, vous êtes pour ou contre le gouvernement ?

— Quel gouvernement ? Nous n'avons pas vu de gouvernement depuis la fuite du Président en hélico.

— Eh ben le Gouvernement de la NFC ! Alors vous êtes pour ou contre ?

— Je ne sais pas de quoi vous parlez. »

Les regards deviennent plus suspicieux. Les hommes serrent leurs doigts sur leurs menaçants outils de jardinage. Ils nous encerclent. J'ai très peur.

— Les poulets attendront sur les champs. Je répète : les poulets attendront sur les champs.

Mamie Lisette semble bien s'amuser, souriante et lumineuse sur le dos de sa mule. Cela fait son effet. Notre adversaire sourit, range sa fourche et s'incline devant notre doyenne.

— Vous êtes donc des nôtres. C'était difficile de le reconnaître sans vos vêtements jaunes. Il faut penser à les mettre, sinon en ville, ils vous confondront avec des percepteurs.

Nous feignons de comprendre leurs propos et les suivons vers le péage. Un véritable petit village, constitué de palettes, nous accueille. Les gens ont l'air fatigués mais ils ont des visages avenants. Ils font chauffer du café dans une grande marmite. Nous en prenons un gobelet avec reconnaissance.

— Vous voulez ramener des bananes et des mangues d'Afrique ? C'est une idée ça ! Ca améliorera notre alimentation. Je serais capable d'échanger toute ma ration de grumeaux contre des fruits frais !

Nous sortons alors nos tranches de jambon fumé. Ils bavent tous. Littéralement. Nous n'osons plus bouger. Nous les regardons. Ils regardent nos bouts de viande. Le silence est pesant. Louis leur tend le sac où nous les gardons. Ils se le passent de mains en mains, nous interrogent du regard. Nous leur faisons un signe d'assentiment. Ils mangent en pleurant.

Une fois ce curieux repas terminé, nous racontons nos péripéties. Nadine évoque les émeutes dans l'hôpital, les citadins se réfugiant à la campagne, le dur labeur pour reconstruire, manger, boire, se soigner, vivre. La solidarité entre habitants et villages voisins. Puis, devant notre maigre récolte après la saison des pluies, la décision de ramener des semences et le savoir-faire des paysans d'Afrique, habitués à cultiver une terre aride.

Leur histoire est toute autre. Ils se sont eux aussi organisés, mais en mode urbain. Pillage des supermarchés, des usines, des entreprises. Tentative d'ordre pour distribuer les ressources, pêche dans le port pollué, cueillette sauvage dans des champs couverts de pesticides. Ils ont dû manger quelques rats et bestioles non identifiées, se sont parfois entre-tués pour survivre, ou suicidés pour échapper à une mort affreuse. Lorsque les pirates débarquèrent, ils ne firent qu'une bouchée de la population moribonde.

Le Gouvernement, comme par enchantement, réapparut. Les citadins découvrirent des têtes connues : politiques, stars télévisuelles, milliardaires bedonnants, homme d'affaires tirés à quatre épingles, mafiosos qui proposèrent leur aide. Des forces armées vinrent et détruisirent une grande partie de la Cité. L'État conclut un accord avec les oppresseurs, qui s'éclipsèrent pour piller les villages voisins, et installa des diplomates chargés de faire régner l'ordre et racketter les habitants. Un peu comme les pirates, sauf que les drapeaux de la NFC remplacèrent les étendards noirs.

Les citoyens travaillent principalement dans des usines d'armement. Ils sont logés dans les immeubles ruinés. L'État leur donne des tickets de ravitaillement. Les vieux, les jeunes, les handicapés, ceux qui ne peuvent pas travailler ont des demis-rations. Les percepteurs contrôlent régulièrement et confisquent les denrées qui transitent sur le marché noir. Ils n'ont plus de plaisirs, plus de loisirs, plus de joies. Le couvre-feu et l'interdiction de sortir de la ville sans laissez-passer restreignent leurs déplacements au strict nécessaire, c'est-à-dire, travailler.

Dans un sursaut de démocratie, ils manifestèrent devant les bâtiments publics. La milice les frappa, leur tira dessus avec leurs armes. Déterminés, ils enfilèrent des vêtements jaunes pour se reconnaître entre eux, puis ils commencèrent la révolution.

Le Gouvernement joua d'abord le jeu. Il augmenta le nombre de cartes de ravitaillement. Mais également la valeur des denrées. Il fournit de nouveaux logements. Tout aussi vétustes que les précédents. Il promit un jour de congé par semaine. Mais qu'à partir du crépuscule.

Les contestataires versèrent alors dans la violence. Grève générale. Pavés dans les fenêtres des immeubles rutilants des diplomates. Feu aux voitures de luxe. Coupure des lignes électriques. Blocage de l'aéroport. Occupation des rond-points et des péages. Pillage des fabriques d'armes. Ceci leur donna un sérieux avantage. Les opposants sont maintenant assiégés. L'État n'envoie plus de renforts. La population ignore comment se dessine l'avenir, mais elle espère reprendre tout simplement sa Cité et tenter d'instaurer une nouvelle existence, harmonieuse et équitable.

— Nous voulions juste plus de justice sociale et de pouvoir d'achat. Finalement, nous aurons la liberté et l'autonomie ! Nous avons le même combat, n'est-ce pas ? Lorsque vous reviendrez d'Afrique, nous serons prêts pour planter vos bananes !

Sur ces bonnes paroles, l'homme sort, avec mille précautions, une bouteille de vin. Nous trinquons à la victoire avant de bivouaquer, sous la protection d'une guirlande de gilets qu'une loi avait rendue obligatoires dans les véhicules quelques années auparavant, devenus particulièrement inutiles depuis que le soleil ne se couchait plus.

La ferme

Je me réveille dégoulinante de transpiration, les cheveux poussant à l'intérieur du crâne et avec une vague nausée. Je repousse le bras de Guillaume qui a visiblement élu domicile, pour la nuit, sous l'ombre de mon gilet tendu entre deux poteaux.

Notre voyage n'a pour l'instant pas grand-chose d'exotique et ressemble à toutes mes matinées depuis un certain temps. Du soleil, de la chaleur, la proximité du musicien et des relents d'alcool. Seuls mes pieds endoloris me rappellent que je ne suis pas là pour festoyer.

Mes compagnons émergent peu à peu. Après avoir bu un jus de chaussette, nous nous mettons en route. L'un de nos nouveaux camarades nous accompagne. Le plan est de traverser la ville, du moins ce qu'il en reste, et rejoindre la frontière espagnole.

Nous passons rapidement l'échangeur et progressons au milieu d'anciens hôtels de grandes chaînes, devenus hôpitaux de guerre ou ravagés par des incendies. Nous longeons ensuite la rivière presque à sec. Elle forme un lit de sable et de gravier parcouru par un filet d'écume beige. Des enfants se baignent. Des femmes lavent des draps. Des hommes pêchent des poissons gris-verdâtre. Je crois que je préférerais mourir de faim, de soif ou de crasse que d'approcher cette eau mousseuse, à l'odeur d'une usine de papier et à la couleur des boues d'une station d'épuration.

Nous passons le pont. La ville historique est en ruine. Des visages nous regardent à travers les carreaux sales. Des bouts de tissus jaunes pendent sur les fils à linge, signes de la frêle dominance du peuple sur le Gouvernement. La Cathédrale apparaît, tel un monceau de pierres avec des croix qui dépassent, servant apparemment de fumoirs à poissons. Des voitures, des réfrigérateurs et ordinateurs sont dépiautés dans ce qui a dû être, auparavant, le stade municipal.

Notre hôte ne nous fait pas passer par les lieux où sévissent encore des combats, comme les anciens quartiers financiers au sein desquels se retranchent les diplomates et leurs familles, protégés par des miliciens armés. Nous continuons au travers des maisons individuelles, devenues des sortes de havres de paix, où quelques habitants tentent de cultiver des tomates maladives devant des enfants, aux yeux agrandis par la faim, qui jouent dans la terre.

Mamie Lisette pleure silencieusement sur sa mule. Guillaume serre les dents. Louis et Nadine regardent leurs pieds.

Je me promets que si nous revenons de notre mission en Afrique, nous ramènerons du millet et du quinoa à ces citadins courageux qui crèvent d'avoir fait confiance au Gouvernement.

Nous parcourons la ville assez rapidement. Nous sommes heureux d'en sortir et de faire nos adieux à l'homme qui nous a guidé dans ce labyrinthe en ruine. Nous prenons alors une petite route de campagne qui nous mènera, selon Guillaume, à la frontière espagnole par l'ascension d'une montagne que mes jambes pourront supporter.

Le chemin est plutôt agréable, à l'ombre d'arbres un peu plus feuillus et verts que ceux de notre région. Les quelques villages que nous traversons se révèlent accueillants, du moins passé le premier mouvement de méfiance. Nous expliquons notre mission, les gens approuvent. Nous signons des contrats. Ils nous donnent de quoi nous abreuver, parfois nous restaurer. Nous leur promettons des mangues et des ananas. Cela me paraît tellement facile. Je marche avec confiance, sûre de moi et de cette idée qui avait éclot un soir d'assemblée villageoise. Je prends la tête du cortège, explique à Guillaume que cette place me revient puisque je suis la cheffe d'expédition. Il me laisse le dépasser, sans aucune réaction. L'idiot. Je vais lui montrer ma supériorité. De toute façon, la chaine de montagnes se dessine comme celle des Alpes sur une bouteille d'eau minérale. Sans la neige éternelle. Je peux difficilement me tromper de direction.

Nous marchons encore longtemps. La route goudronnée se transforme en chemin de terre. Mamie Lisette chantonne en boucle.

— Le Nord est le Sud. Je répète : le Nord est le Sud.

Je marmonne et feins de ne pas voir les échanges de regards inquiets entre Nadine et Louis, ni celui légèrement excédé de mon compagnon taciturne. Lorsque le sentier meurt dans un fossé asséché que la mule ne pourra pas franchir, je suis obligée de reconnaître que les montagnes vertes en face de moi me narguent. Demi-tour. Le seul avantage est que la nuit ne nous surprendra jamais dans nos pérégrinations.

Nadine éclate. Elle me balance à la tête que je ne sais pas ce que je fais. Je pleure parce qu'elle a raison. Et aussi car nous sommes égarés et que j'ai mal aux pieds. Je veux manger, dormir, et rentrer chez moi.

Une fourche arrête mes lamentations et notre dispute. J'explose.

— Foutez-nous la paix. Nous sommes perdus. Nous partons en Afrique. Laissez-nous passer !

L'outil se baisse. Même pas besoin de drapeau blanc, Clara. C'est inutile, il suffit de chouiner et tout va bien.

L'homme nous mène à sa demeure, cachée sous une couche de mousse curieusement verte sous ces 45° permanents. L'immense potager, qui respire l'abondance, trouve sa place à côté d'un verger aux pêches mûres. Des pêches, je n'en ai pas senti le goût depuis plus d'un an. J'en ai oublié que c'est probablement la saison. Des poules caquettent à mes pieds. Il y a aussi des dindons, des canards, des oies. Et deux cochons qui se vautrent dans la boue. De la terre mélangée à de l'eau ! Image indécente alors que les habitants de la ville d'à-côté se baignent dans un filet de liquide venant de l'usine pétrochimique. Et pourquoi les arbres ne sont pas en train de crever de sécheresse ? Pourquoi les volailles sont plus grosses que le bébé squelettique du voisin, né il y a quelques mois ? Pourquoi le bonheur de cette famille qui nous accueille me donne des envies de meurtre ?

Cette pulsion destructrice cesse dès que j'entre dans la maison fraiche et que je sens le fumet enivrant de l'eau claire dans une carafe transparente.

La femme nous en sert un verre. Nous bavons d'émotion. Depuis un an, je ne bois que des boissons troubles et tiédasses, faute de pouvoir les refroidir après les avoir fait bouillir pour en éliminer les bactéries.

Nous buvons. De l'eau d'abord, pure et cristalline. Puis une bonne bouteille de vin rouge pour accompagner un pâté de derrière les fagots. Une deuxième pour mettre en valeur le poulet rôti aux pommes de terres rissolées. Nous n'évoquerons pas la gnôle après le gâteau aux poires. Le meilleur repas de toute ma vie ! J'irais bien faire une sieste à l'ombre des cerisiers mais le propriétaire tient à nous montrer ses installations. Four solaire, récupérateur d'eau de pluie, cuves de phytoépuration, générateur alimenté par panneaux photovoltaïques. Ils se préparent à l'effondrement et sont autonomes en nourriture et en énergie depuis longtemps.

— Bien sûr, nous n'aurions jamais imaginé que le soleil ne se coucherait plus. Cela a nécessité de nombreux ajustements, mais nous nous en sortons. Cela sera parfait lorsque vous ramènerez du manioc. Nous manquons de féculents. En échange, nous vous donnons les plans de la ferme et nous vous chargeons de rendre le monde aussi respectueux de la Terre que nous le sommes.

Je n'en crois pas mes yeux. J'ai l'impression d'être dans Hansel et Gretel. Les sucres d'orge se sont transformés en boudin noir et le pain d'épice en haricots verts. Il n'y a pas de sorcière. C'est le paradis.

Je ne pourrais pas aller dormir. Dans la cave, ronronne un vieil ordi connecté à Internet. Et oui, l'électricité existe encore. Le réseau informatique également.

La famille nous raconte en vrac ce qu'ils ont pu lire sur la toile. Les riches vivent sur la NFC et étendent leur pouvoir sur le peuple diurne. La région nocturne est devenue un no man's land excessivement dangereux. La nature s'adapte visiblement à ces conditions extrêmes. La photosynthèse se fait, malgré l'absence d'obscurité. Les températures se régulent. Environ 45° en moyenne dans le Sud-ouest. La faune et la flore survivent. À peu près. L'Homme aussi, même si ce n'est pas forcément une bonne nouvelle pour notre belle planète. Tout un réseau d'autonomie existe, s'organisant autour de savoir-faire et d'ingénierie hautement écologiques. Une vraie bataille idéologique s'est engagée contre les hommes de la NFC, beaucoup moins puissants que nous pourrions le croire, dépendants qu'ils sont des énergies fossiles qui tendent à disparaître.

Accéder à ma boite mail relève presque du mysticisme. Je me surprends à prier le Dieu Google pour ne pas déraper sur mon mot de passe de mes doigts tremblants et de ma mémoire défaillante. Je tombe directement sur un message de ma mère.

« Ma chérie,

C'est déjà la quatrième fois que j'essaie de te contacter. Depuis un mois, je me déplace tous les vendredis au village, où un bureau de l'Internet collectif a ouvert. Alors, Frédérique, s'il te plait, tu pourrais quand même répondre à ta vieille mère qui se met à l'informatique pour pouvoir avoir de tes nouvelles !

Ton père et moi nous portons bien. Notre potager nous permet de vivoter. Je crois que la voisine est jalouse de mes marguerites car parfois elles disparaissent et comme par miracle, repoussent dans son jardin. Ton père dit que c'est parce que ce sont des fleurs mellifères qui attirent les abeilles, dont nous avons rudement besoin. Je ne vois pas ce que ces petits insectes qui piquent nous apporteraient, mais tu le connais ! Il a toujours eu de drôles de lubies ! Il passe d'ailleurs beaucoup de temps à regarder le ciel pour attendre l'arrivée des aliens. Quelle idée !

J'espère une réponse rapidement, et que tu m'annonces un heureux évènement, comme un mariage ou un bébé.

Je t'embrasse,

Maman. »

Vendredi prochain (à plus ou moins un ou deux degrés Celsius), elle lira que sa fille est vivante et s'apprête à ramener des semences pour améliorer l'ordinaire de la France entière. J'ai négligé des détails qui ne me mettent pas trop en valeur. J'ai exagéré quelque peu et, surtout, je lui ai menti sur la destination. Si elle sait que je chemine pour l'Afrique, elle va autant me gronder que le jour où j'ai fumé en cachette dans les toilettes de Grand-Maman.

J'apprends également que mon banquier m'enjoint à recouvrir mon découvert, que ce sont les soldes et que le Président fera une allocution en hologramme afin de nous remercier de notre confiance. Il donnera un surplus de tickets de ravitaillement à ceux qui iront voter à bulletin ouvert pour les élections du Commandement Ultime de la NFC. Gloire à la France.

Une secousse me coupe dans la lecture de mes 16373 mails. Il semblerait que ce soit un tremblement de terre.

Par les montagnes

Effectivement, c'est un tremblement de terre. Le premier de toute mon existence et, je l'espère, le dernier. Il ne doit pas être trop violent, la maison est encore debout. Cela dit, elle est basse et à moitié enterrée. Son propriétaire nous a précisé qu'elle a été conçue pour supporter à peu près tout, y compris une guerre atomique. Elle ressemble à un bunker, mais sans béton et en harmonie avec la nature. Je voudrais y demeurer pour toujours.

Au début, nous nous réunissons dans la cave, comme sous les bombardements en 1945. Lorsque les batteries solaires des lampes faiblissent, nous remontons à la surface. Malgré l'impression d'être sur le pont d'un bateau, les secousses sont plutôt douces. Nous continuons donc notre quotidien dans la maison.

Si Richter était là, il nous donnerait sûrement l'amplitude. Il faudrait une échelle de durée également, parce que le séisme a commencé il y a deux repas et une grosse sieste, que nous pourrions presque nommer nuit.

J'ai dormi dans un lit pour moi toute seule, avec un vrai matelas, dans une pièce assez fraîche pour que je supporte un édredon, alors je n'ai rien contre l'idée que cet ébranlement qui me fiche parfois un certain mal de mer, continue encore longtemps. En effet, d'avis général, nous resterons à la ferme tant que le sol bougera.

Au bout de cinq pontes d' œufs, les secousses se calment. De mémoire, je n'avais jamais lu ou vu qu'un tremblement de terre pouvait durer autant. Mais plus rien n'est étonnant dans ce monde-ci.

Nous décidons de reprendre la route, à regret tout de même. J'ai mis ces quelques jours à profit pour apprendre à reconnaître les herbes médicinales pyrénéennes ainsi que des techniques de décoction et de teintures mères. De nouveaux remèdes sèchent dans ma besace. Nous avons augmenté notre réserve de graines à échanger en Afrique et renouvelé notre stock de nourriture. L'abondance de cette ferme n'a d'égal que la bienveillance de ses habitants.

Guillaume reprend la tête du cortège. Il marche avec légèreté, tenant la bride de la mule de son arrière-grand-mère qui roucoule.

— Les moutons rentrent au bercail. Je répète : les moutons rentrent au bercail.

Je l'entends fredonner. Son enthousiasme est communicatif. Je ne l'ai jamais vu sourire autant. Il semble tellement heureux. Je chante moi aussi. Ils se moquent tous de ma voix de casserole alors que je ne fais même pas venir la pluie. Nous rions sous le soleil des montagnes.

Deux ampoules et une vingtaine de chansons suffisent pour nous mener dans la vallée où vit toute la famille du musicien. Il franchit les derniers mètres en courant, tirant une Lisette radieuse. La porte s'ouvre laissant apparaître des clones aux yeux bleus. Nous nous tenons en retrait avec Nadine et Louis. C'est une scène de retrouvailles émouvante.

Notre ami se tourne enfin vers nous, nous demandant de le rejoindre. Il nous présente comme si nous avions été élevés ensemble. Ou marché plusieurs jours dans la poussière. Des regards d'eau me font la bise, me tapent sur les épaules, me remercient d'avoir ramené leur grand garçon. J'en ai le vertige. Je profite. C'est en quelque sorte un moment de gloire. Je n'ose imaginer l'ovation quand nous rapporterons des papayes aux petits vieux de mon village.

Leur grand garçon, il est revenu tout seul. Moi, je n'ai fait que le suivre en geignant parce que mes pieds me torturaient. Après quelques heures de repos, nous reprendrons la route sans lui. Il va me manquer cet imbécile. Mais je suis aussi contente de le quitter, de faire l'aller-retour en Afrique et de lui montrer que j'en suis capable. Je ne vois pas pourquoi traverser l'Espagne et l'Afrique serait plus ardu que de sillonner la France. Le Sud-Ouest de la France. Le sud du Sud-Ouest de la France.

Nous mangeons. Nous dormons. Le lendemain, ou ce que nous appelons le lendemain, Mamie Lisette ferme une dernière fois ses yeux bleus dans son sommeil. Elle a retrouvé les siens. Elle est partie en paix. Tout le monde est triste, d'une sobre tristesse de ce qui devait arriver. Je ravale mes sanglots à grand peine. Il serait indécent de laisser éclater la déferlante d'émotions qui m'assaille parmi tant de réserve familiale.

Guillaume et ses frères creusent un trou dans le cimetière du village. Un cousin fabrique un cercueil. Moment de recueillement. Nous restons en retrait, mal à l'aise.

— Est-ce que tu préfères que nous partions, pour rester entre vous ?

— Non.

Devant tant de laconisme, nous nous attardons, le temps de verser des larmes, lors de la simple cérémonie d'enterrement de la vieille dame qui bavait sans rien dire dans la maison de retraite où je lui donnais à manger dans une autre vie.

De retour dans la maisonnette, nous préparons nos affaires. Guillaume traîne par là. Je lui frotte l'épaule. Il me sourit à travers sa peine. J'ai décidé qu'il était mon ami.

— Je pars avec vous.

— Et ta famille ?

— Je reviendrai.

— Ça me fait plaisir que tu viennes.

— Attends de te calquer sur mon rythme en haut des crêtes et nous en reparlerons.

Sur ces bonnes paroles, qui sonnent telle la menace d'un soleil qui ne se couche pas, nous nous engageons sur la route goudronnée remontant en lacet jusqu'à un col. Guillaume. Louis. Nadine. Et moi. Sans la mule et sans Lisette.

Pour l'instant, nous n'avons toujours avancé que sur du plat. Les quelques collines que nous avons gravies ont eu raison de mes petites jambes. J'appréhende énormément cette traversée des Pyrénées, qui va probablement me procurer des moignons. La montagne n'était pour moi qu'une lointaine chaîne enneigée, irréelle et intouchable. Je suis excitée comme une puce, surtout après les récits dont m'en a fait mon ami certaines nuits, quand nous dormions côte à côte dans mon réduit qui me servait de chambre.

Je nous imagine déjà nous encorder, tous les quatre, progressant dans une neige aux reflets bleutés, qui scintille sous le soleil éclatant dans un ciel d'azur. La caméra s'envole pour laisser voir nos silhouettes avancer péniblement, chaque pas demandant un effort surhumain pour…

Guillaume me coupe dans ma rêverie inutile puisque neiges et glaciers ont fondu depuis belle lurette. Nous arrivons en vue d'une jolie petite gare blanche et rouge, plutôt incongrue dans ce paysage de montagne. Je fais bien évidemment un caprice pour aller constater que la locomotive est toujours en fonctionnement. Le montagnard refuse catégoriquement. Il serait sacrilège de grimper ces mille mètres de dénivelé autrement qu'à pied. L'idiot. Nous allons jusqu'en Afrique. Nous ne sommes pas à un train à crémaillère près.

Je me résigne donc à le suivre le long de la voie ferrée puis dans un petit bois si rafraîchissant que je veux m'y arrêter pour poser le campement. Mes compagnons me regardent tous bizarrement. D'après eux, nous ne sommes partis que depuis 1°C (et deux ampoules).

En sortant de la forêt, je suis éblouie. Devant moi, il y a l'océan. Vu d'en haut. Guillaume me regarde en coin, en souriant. Il a l'air tellement satisfait. Nous sommes pourtant encore loin du sommet.

De là, j'aperçois la côte et ses colonnes de fumée qui attestent des combats avec les pirates. Ou avec le Gouvernement. C'est difficile de distinguer d'ici. Je souris en voyant les drapeaux jaunes dans toutes les villes du littoral.

Mon guide me montre le chemin que nous avons parcouru. Nous n'y voyons pas jusqu'à la Dune bien sûr, mais si je plisse les yeux, je peux la deviner. Du moins dans mon cœur.

Nous continuons un interminable sentier qui serpente au milieu des bosquets et des genêts grillés, traversons des ruines que je pense être des anciens repaires de sorcière et que Louis, qui a toujours raison, annonce comme des vestiges des guerres napoléoniennes. L'antenne rouge et blanche au sommet se rapproche. Nous suivons de larges lacets qui mènent à la gare d'arrivée, déserte. Je grimpe d'un pas décidé, doublant tout le monde sur les derniers pas, comme si je ne portais pas mon lourd sac à dos depuis des kilomètres mais seulement mes tongs sur la plage.

Je suis subjuguée par le spectacle. De là-haut, l'immensité de l'eau calme s'étale, se confond avec le bleu limpide du ciel. Le soleil se reflète sur les vaguelettes. Je me tourne vers Guillaume pour lui dire mon émerveillement. Il fronce les sourcils.

— Il y a une couille dans le pâté, lâche-t-il, laconique.

Eh oui. Le panorama est aussi grandiose qu'inquiétant. La présence de l'océan à cet endroit ne répond à aucune logique. Il devrait normalement y avoir des montagnes. Et derrière, des terres plutôt arides, des champs, des castillos, des monastères, des orangeraies. Et des paquets de cigarettes à 5 euros. Ah non. Ce dernier point n'existe plus. Tout comme l'Espagne visiblement.

Un dodo plus tard, alors que Guillaume n'a toujours pas décroché un mot depuis son fameux « Il y a une couille dans le pâté », un grand gaillard vêtu de loques crasseuses, du moins encore plus que les nôtres, et d'un bonnet rouge, apparaît près de notre bivouac.

Mariano est berger et nous raconte son histoire. Ses brebis paissaient tranquillement dans les alpages lorsque le soleil refusa de se coucher. Son chien et son troupeau furent plutôt perturbés. Lui aussi. Il aimait s'allonger le soir et admirer la course des étoiles. Mais le ciel n'allumait plus ces petits points scintillants qui l'accompagnaient depuis tout temps. Il se perdit dans le compte des journées.

Mariano était un solitaire. Il se sentait bien sur les sommets et laissa passer l'époque de la transhumance. Un jour, il perçut des secousses et décida de descendre dans la vallée voir comment se portait le monde. À quelques heures de marche de son village, un ébranlement plus fort effraya ses animaux qui se mirent à courir. L'eau aussi. Un véritable raz-de-marée noya ses brebis. Et son pays. Ou du moins la partie de son pays où il avait toujours vécu. Lui remonta sur la crête, à l'abri. Les eaux se stabilisèrent et il attendit là avec son chien.

Le berger ne compte pas venir avec nous. C'est dommage, il a de belles boucles brunes et un accent qui chante. Mais il lui semble que la marée sera de nouveau basse un jour et qu'il pourra retrouver son village englouti. Je le serre contre moi, émue de tant d'espoir, avant de rejoindre ma petite troupe.

Un an auparavant, Catherine la voix de mon GPS m'indiquait la route à suivre. Je m'étais vite débarrassée de Thomas. Il m'était insupportable d'entendre un homme me dicter de faire demi-tour dès que possible. Catherine a disparu maintenant, faute de batterie et de mise à jour. Les étoiles, qui auraient pu nous guider, ne sont plus non plus, ou du moins se cachent sous le ciel bleu clair. L'Espagne s'est évanouie. La boussole s'affole. Comment atteindre l'Afrique lorsque l'océan s'étend à perte de vue ? Comment trouver mon chemin alors que je n'ai jamais su retrouver ma voiture sur le parking d'un supermarché ? Comment survivre à cette aventure alors que je ne sais pas vraiment pourquoi nous sommes partis ?

Guillaume tranche. Nous suivrons la route des crêtes. Cela nous évitera peut-être de nous noyer lors d'un nouveau tremblement de terre.

Je m'attends à un tranquille petit sentier plat tout en haut de la montagne avec le vide de chaque côté, en suivant le balisage du GR 10. Absolument pas. Il faut descendre, ce qui est au moins aussi périlleux que de monter. Puis grimper sur la montagne suivante, en suivre l'arrête jusqu'à la prochaine descente, remonter un peu, chercher notre chemin parmi les pierres et les cailloux, ne pas trop s'approcher des eaux espagnoles qui laissent parfois dépasser la cime des arbres et même, une fois, une croix en fer.

Nous bivouaquons dans des lieux abrités du vent, mangeons quelques feuilles et fleurs que nous trouvons et des petits animaux que nous disputent les vautours. Guillaume nous guide avec attention, nous ment quelquefois lorsque nous sommes perdus, ou qu'il sait que nous allons souffrir sur un morceau difficile. Il part souvent seul, quand nous nous reposons à l'ombre d'un conifère ou d'un rocher. Il gravit les pics et court sur les crêtes pour vérifier si la mer borde toujours le versant espagnol. Je me dis que mon ami est devenu fou. Et que la chaîne des Pyrénées va continuer indéfiniment jusqu'à la Nouvelle Frontière Crépusculaire.

Bingo ! Après soixante-deux jours exactement (hors taxe), ou plutôt soixante-deux périodes de marche entrecoupées de soixante-deux périodes de sommeil, notre guide revient d'une de ses expéditions en courant pour nous annoncer que la péninsule ibérique est revenue.

Si je regarde en arrière, outre les montagnes qui s'étendent jusqu'à l'Océan atlantique, j'aperçois notre troupe avançant à allure régulière, accomplissant à l'infini les mêmes rituels : organiser le campement, rassembler des réserves, préparer les sacs, marcher. Repérer les herbes médicinales et comestibles, marcher, chasser les petits animaux, marcher, mâchouiller des feuilles, marcher, chercher de l'eau, marcher. Faire demi-tour devant un ravin, bougonner, marcher, soigner un bobo, marcher, escalader un rocher, marcher. Insulter Guillaume, marcher, simuler un malaise à l'ombre d'un arbre squelettique, marcher, négocier, marcher. Allumer un feu, chauffer la soupe, dormir roulée dans ma couverture et ma saleté. Me réveiller à cause de la chaleur, me laver dans la source, ranger le camp, marcher, marcher et encore marcher.

J'ai changé sur les crêtes. Mes pieds ont de la corne, mes cuisses ressemblent à celles d'un cycliste dopé, mon sac à dos est greffé à mes épaules. Et je ne râle presque plus. J'ai découvert que j'aime marcher.

Nous fêtons notre ultime nuit sur ce qui a longtemps été une frontière entre deux pays. Le lapin à la broche, les carottes sauvages et la dernière fiole de gnôle distillée par Franck sont un délice.

Je me réveille un peu surprise, et avec une gueule de bois carabinée, dans les bras de mon ami, qui avait pris l'habitude de venir se coucher tard, de dormir seul et de se lever avant que l'un d'entre nous remue un orteil pour arpenter les alentours. Mais pas le temps de tergiverser, l'España, ou ce qu'il en reste, nous attend !

Dans le désert espagnol

La menace pirate est sans doute de mise également au niveau méditerranéen, mais nous décidons tout de même de longer la côte. De toute façon, le littoral en Espagne n'existe quasiment plus. Le pays se réduit à une mince langue où toute trace de civilisation a disparu sous une épaisse couche de sable. Nous progressons avec peine, fouettés par des rafales qui brûlent mes yeux et griffent ma peau.

Nous sommes couverts de sable. Nous dormons dans le sable. Nous marchons dans le sable. Nous mangeons du poisson au sable et des plantes au sable. Et, jusqu'à quelques degrés de ça, nous avalions de l'eau au sable. Maintenant, nous ne buvons plus.

Louis ne dit rien, pas même un commentaire sur la provenance de ce désert sorti de nulle part.

Guillaume se tait également, ce qui ne me surprend absolument pas vu sa fréquence de mot à l'heure en temps habituel.

Moi aussi je suis mutique. Ce qui est bien évidemment très inquiétant.

Seule Nadine semble encore douée de parole. Elle pousse un cri strident à chaque pas. J'essaie de prendre un timbre sécurisant, celui-là même que je prenais pour apaiser mes patients déments et qui ressemble à la voix de la SNCF. Je lui explique paisiblement que hurler va augmenter sa sensation de soif. Elle s'arrête en me regardant avec des yeux fous, collés par la poussière, et repart de plus belle. Je crois que le sable a rempli son cerveau et que la Nadine que je connais ne reviendra plus jamais.

Après environ six cent soixante-dix-neuf cris perçants, deux épaules grillées et un accès de panique de ma part, le plus aguerri de notre groupe ne nous attend plus. Il disparaît au loin, creusant l'écart de son pas énergique, cherchant probablement le silence dans cette ambiance de folie désertique.

Lorsqu'il n'est plus qu'un point à l'horizon, Nadine s'effondre, délirante. Je mets sa tête sur mes genoux et lui caresse les cheveux avec douceur en chantonnant. Le sable me brûle les yeux, les larmes aussi. Je les retiens. Je ne dois pas gaspiller mon eau.

Louis monte le camp à gestes lents. Il a maigri. Son regard est cerné. Sa barbe mange son visage. Une ombre. Une ombre en pleine lumière.

Nous dormons un peu. Peut-être jusqu'au lendemain. Difficile de savoir dans cette interminable journée commencée plus d'un an auparavant. Je m'assoupis dans des cauchemars presque réels. Je rêve d'un prince charmant qui m'abandonne sur l'autel d'une église ensablée sous un soleil de plomb.

Je me réveille en colère. Contre moi et mes idées sentimentales dans mon cerveau déshydraté. Contre Guillaume de nous avoir lâchement laissé dans une tempête de sable et de ne pas être mon amoureux. Contre la Terre qui s'est arrêtée de tourner rond. Contre le guide des Japonais, les familles de la Dune, les artificiers du 14 juillet, parce qu'ils sont peut-être la cause de tout ça. Contre l'humanité toute entière. Car finalement, les bouteilles en plastique qui envahissent l'océan, les smartphones derniers cris changés deux fois par an et l'eau potable balancée dans la cuvette des toilettes contribuent sûrement à mon blocage en plein désert espagnol.

Les rafales se calment. Nous rangeons le campement en silence. Ma peau me brûle. Mais les bananes sont au bout du chemin. Je ne perds rien à aller vérifier. Sauf la raison.

Louis porte Nadine dans ses bras comme une jeune épousée sur le pas de leur vie commune. Il modifie ma vision de la lâcheté masculine. Toutes les femmes devraient connaître Louis et le voir avancer lentement, sans ciller, vers une mort certaine, mais une mort ensemble.

Je les accompagne, ridicule, sous mon trop gros chargement. Le laisser derrière moi signifierait que je renonce au projet, que je pense que nous allons mourir. Je ne vois pas pourquoi j'envisagerais cette possibilité, même après m'être rendu compte que boire de l'eau de mer est une très mauvaise idée. Nous avons essayé de la faire bouillir, et de récolter quelques gouttes de condensation sur le couvercle. Pas de quoi survivre à trois dans le désert.

Le vent se lève, nous ne voyons plus que du sable. Et encore du sable. Je sombre dans les ténèbres.

Le temps s'arrête. Ou bien je suis morte. Je ne me prononce pas. Il fait froid sur ma joue et chaud dans mon dos. Apparemment, l'idiome officiel du Royaume des Morts est le castillan. Curieux choix. À bien y réfléchir, j'aurais plutôt parié sur une langue antique, comme le grec ou le latin. Le sanskrit peut-être. Éventuellement l'anglais, réputé universel ces dernières décennies, mais non l'espagnol.

J'essaie de me concentrer sur les voix et ce qu'elles racontent. Mes souvenirs du collège m'indiquent que les habitants du Paradis parlent du repas qu'ils s'apprêtent à préparer. Sujet assez saugrenu dans un tel endroit.

— Un petit gaspacho ? Ils ont dû avoir très soif là-haut.

La chaleur dans mon dos bouge un bras, me file un coup de coude au passage, souffle et commence à me tapoter la tempe. En rythme. Je meurs de nouveau.

Il est donc venu me chercher à un moment donné. Et il est toujours insupportable au réveil.

Les sous-sols espagnols sont frais. La pierre nue et froide adoucit les brûlures de ma peau. Je passe des heures dans l'obscurité. Je laisse les autres s'organiser pour la suite. Je démissionne. Je boude, envoyant Guillaume se perdre dans les tréfonds des couloirs. Je veux juste me fondre dans les dalles et oublier que là-haut, bien au-dessus de ce labyrinthe improbable, brille un soleil de 19h32 depuis bientôt un an et demi.

Sous l'ancienne péninsule ibérique, courent des kilomètres de tunnels, vaste réseau reliant les nombreux villes et villages dont quelques sémaphores émergent à la surface. Le pays du flamenco s'attendait à tout ce bazar. A l'astre solaire qui ne se couche pas, à la catastrophe climatique qui a suivi et à l'effondrement de la société moderne.

Voilà plusieurs siècles, les Incas furent anéantis par des conquistadors assoiffés d'or. Des prêtresses lancèrent une malédiction. Le Dieu Inti promit de régner trente-huit longues années dans le ciel pour noyer les oppresseurs sous la fonte des glaces.

Les Espagnols se prennent ainsi leurs anciennes colonies en pleine tête. Ma rancune contre eux s'enflamme. S'ils n'avaient pas zigouillé Atahualpa voici quatre cent quatre-vingt-cinq ans, nous n'en serions pas là aujourd'hui !

Au fil du temps, les ibériques creusèrent en secret des tunnels sous leur péninsule. Loin des camping-cars qui sillonnaient les autovías jusqu'à l'été de la coupe du monde de foot, en sous-sol, fourmille un réseau reliant les villes souterraines. Les grands monuments tels l'Alhambra, le Palais de la Reine Sofia ou le Musée Guggenheim, tout comme chaque église, monastère, temple ou mosquée servaient de portes d'entrée à cette civilisation cachée, inconnue des autres européens, de la CIA et même du KGB en son heure de gloire. Les Espagnols sont les rois des cachotteries.

Nous sommes plutôt bien accueillis ici. Il y règne une vraie démocratie. Cela paraît tellement idyllique que nous en oublierions presque qu'une bonne moitié des autochtones périrent sous les eaux.

Ils votèrent à main levée lorsqu'ils nous ramenèrent pour ne pas nous jeter à la mer ni nous couper la langue. Leur débat était plus profond que notre survie : nous empêcher de témoigner de leur mode et lieux de vie ou nouer des relations commerciales avec la France ? Nous fûmes chanceux même s'ils ne savent pas trop ce que nous pourrions leur apporter. Eux ne manquent pas de produits marins évidemment, ni de minéraux en tout genre, fruits de leurs longues prospections dans les entrailles de leurs sols. Ils marchandent, avec bonheur, avec l'Afrique voisine, terre de richesses au climat doux et tempéré. Un juste retour des choses selon nos hôtes. Histoire qu'ils ne soient pas les seuls à regretter d'avoir exploité leurs colonies.

Péninsule ibérique et Afrique prospère se rient un peu de l'Europe d'en haut. À la disparition de la nuit, quand ils furent tous à l'abri dans leur Espagne souterraine, ils envoyèrent des pigeons à Paris, Londres, Amsterdam. Aucune réponse. Les insultes en cyrillique provenant de Moscou laissèrent à penser que la Russie, dont une partie était située sur la NFC, ne souhaitait absolument pas nouer de rapports diplomatiques avec eux. Berlin en revanche avait signé. Depuis, ils entretenaient des liens commerciaux et politiques avec l'Allemagne. Notre pays, au milieu, les gêne.

Les tentatives de contact avec la France se sont heurtées à la méfiance de villageois armés de faux et de citadins défendant quelques bidons de pétrole, à une grève générale lancée par le syndicat des espions français et, évidemment, à la mauvaise foi nationale argumentant que nous ne pouvions pactiser avec des sympathisants de la Croatie lors de la Coupe du monde.

Sur un ton légèrement condescendant, ils nous expliquent tout ceci en nous gavant de soupe à la tomate et de tapas pour nous requinquer.

Ils nous proposent un marché. Une caravane nous raccompagne en France avec des semences, les croquis de quelques machines de leur cru, dont notamment un superbe filtre à eau qui sera du plus bel effet dans mon jardin et une guitare pour notre musicien. En échange, nous les laissons recopier les plans venant de la ferme autonome, la recette de la bière de Franck et nous les aiderons à nouer des rapports diplomatiques avec notre pays.

Nous nous regardons fièrement tous les quatre, ou du moins ce qui persiste de nous. Nous avons gagné. Il ne nous reste qu'à rentrer maintenant, et sous bonne escorte !

Nous nous séparons. La décision paraît soudaine, invraisemblable, irréfléchie. Mais pas du tout. Guillaume et moi avons réfléchi la nuit durant. Ce choix s'impose de lui-même. Nous nous faisons nos adieux, là, dans un couloir gris et frais de l'Espagne souterraine. Et dans les larmes.

Louis et Nadine rentrent chez nous, dans notre petit village, retrouver Clara et Franck, nos voisins, nos amis, notre quotidien. Juchés sur les chameaux, enveloppés dans des linges clairs et légers qui les protégeront du vent sableux, accompagnés d'une troupe catalane, ils ont fière allure pour leur retour. Leurs besaces contiennent des semences adaptées à notre nouveau climat, fruit des négociations avec nos hôtes, les plans de la ferme et ceux des machines espagnoles. Leurs cœurs sont emplis des souffrances de nos mois de marche et de la richesse des rencontres de la route. Ils arriveront, triomphant, apportant l'espoir et l'abondance.

Mon sac à dos détient quelques réserves et une toile qui servira de tente comme de couverture. Ma gourde est pleine d'eau pure. Les bourses accrochées à ma ceinture regorgent de feuilles séchées en tout genre. Je scrute mon compagnon qui porte sa guitare en bandoulière. Ses cheveux frisés et les loques qui lui servent de vêtements lui donnent un air de vagabond. Je lui souris à travers mes larmes. Un dernier regard pour le couple avec qui j'ai tant partagé et je m'engouffre à la suite de Guillaume dans les couloirs sombres en direction du Sud. L'Afrique, la NFC et de nouvelles aventures nous y attendent.

Les labyrinthes souterrains sont un lieu particulier. Creusés dans la terre et la roche, ils prennent des teintes diverses en fonction des lieux et des époques durant desquels ils furent bâtis. Nous traversons des tunnels rouges de fer, blancs de calcaire ou beiges d'argile. Décorés de peintures surréalistes ou de miroirs futuristes, les TS, Tunnels Standards, sont la norme officielle de mesure espagnole, servant autant d'unité de distance que de temps.

Des tronçons en pierres travaillées témoignent des différentes architectures, et invasions, qu'a connu l'Espagne d'antan. D'horribles corridors en béton gris, tristes et uniformes signent les constructions des dernières décennies.

Deux bons kilomètres colorés de dessins psychédéliques nous convainquent que les envolées artistiques des constructeurs des années 1970 donnent la migraine. Un accès à un des belvédères qui jalonne notre parcours nous tente. Nous prenons donc notre tour dans la queue pour cette ouverture sur l'extérieur, un peu comme à la Foire du Trône. Pas à pas, en prenant soin de laisser passer ceux qui descendent, nous montons un long escalier. Mon ami me tient la main. La foule est tellement dense, et je suis accessoirement si petite, qu'elle aurait tendance à me piétiner. Je respire les aisselles, la transpiration et l'ail séché. Je ne suis pas sûre que quelques minutes d'air frais justifient ce climat, aussi malsain que le métro parisien à l'heure de pointe.

En haut des cent quatre-vingt-douze marches de pierre, un fonctionnaire attend l'offrande, un peu comme une Dame-Pipi des belvédères espagnols. Nous n'avons pas d'argent. Pas un galion en cours de validité actuellement en Espagne. Pas un vieil euro usagé ni même une peseta trouée. J'essaie de négocier un bracelet brésilien crasseux qui orne ma cheville. L'employé fait un geste de dénégation. Il me désigne mes boucles d'oreilles, cadeau de ma maman pour fêter mes examens dans une autre vie. Je secoue la tête à mon tour. Le prix de mes souvenirs est bien trop élevé pour trois minutes d'extérieur. Nous nous apprêtons à descendre quand une mamie au visage mangé par sa dentelle noire montre la guitare. Guillaume s'y accroche. Il est hors de question pour lui de s'en séparer. Elle est belle et a la résonance parfaite des instruments à cordes espagnols. Il l'a âprement négociée avec nos hôtes. La grand-mère sourit, tape dans ses mains, claque des doigts. Rythme repris par nos voisins d'escalier et par le garde lui-même. Dans un éclair de génie, mon ami gratte un accord, sous l'oeil extasié de la vieille dame. Son public exprime un « oh » de ravissement. Il entonne alors, confiant, un air des Gypsy kings. Je grimace. Choix audacieux et risqué par ici.

L'assemblée chante avec lui. Le temps s'arrête au son des reprises des faux andalous français. C'est l'harmonie la plus totale. Les gens chantent, ferment les yeux et se balancent. Je resterai là des heures à admirer le tableau, mais Guillaume a épuisé son répertoire. Ils applaudissent, serrent le musicien contre eux, essuient une larme ou deux. C'est beau la musique.

Nous gagnons notre droit de passage. En haut, dans le bleu uniforme de la mer et du ciel, se dessine au nord la lagune de sable qui se meurt à quelques centaines de mètres de nous. Nos compagnons sont par là, dans la direction des montagnes et de notre pays. Quelle image surprenante de cette tour émergente, et de nous, vagabonds sans un sous, qui pleurons à gros sanglots l'Espagne disparue.

Nos quelques minutes d'air pur sont écoulées. Nous redescendons les cent quatre-vingt-douze marches et reprenons la route dans les corridors sombres.

Notre périple prend des allures de voyage touristique. Nous déambulons dans les couloirs souterrains, suivant les pancartes indiquant les Cités de jadis. Nous ne sommes pas pressés alors nous n'hésitons pas à faire de larges détours pour visiter les curiosités dont regorge ce monde caché. Nous échangeons des chansons contre des accès aux tours, minarets ou autres lieux perchés pour admirer les eaux calmes à peine troublées de quelques clochers d'église. Nous affleurons les flots sur le toit d'un bâtiment futuriste ayant abrité un musée des sciences technologiques devenues au final des antiquités obsolètes. Je regarde avec émotion les téléphones à cadran. Je pleure devant la pendule censée mettre en évidence la rotation de la Terre, à jamais arrêtée.

Nous bifurquons vers une région volcanique. Les sierras espagnoles, surplombant l'océan, nous offrent quelques possibilités de grimper à l'air libre. J'aperçois des volcans pour la première fois. Je ne suis pas à l'aise, craignant que ces vieux cratères se réveillent. Nous ne sommes pas à une incohérence près dans cette nouvelle vie.

Sur les remparts d'une citadelle mauresque, nous apercevons des sommets enneigés, scintillants sous le soleil. Cet itinéraire n'est pas le plus direct pour l'Afrique, mais nous descendons les escaliers de la tour arabe en courant, sans même regarder les trésors de ce palais. Rien ne nous arrête dans notre course effrénée, qui dure quatre ou cinq TS.

Je n'ai jamais monté l'intérieur d'une montagne aussi vite, ni l'intérieur d'une montagne tout court. Je me prends un sacré dénivelé dans mon système cardiovasculaire. La corne de mes pieds ne craint plus le sol rocheux. Mes épaules supportent allègrement mon léger sac à dos. La perspective de goûter la neige, de me rouler dedans, d'en lancer une boule dans la tête surprise de mon compagnon de marche, de faire un bonhomme avec un chapeau haut-de-forme, des boutons et une carotte, me donnent des ailes.

Une simple grotte nous permet d'émerger non loin du sommet. Je glisse sur un névé et m'étale de tout mon long sur de la glace dure et sale. J'ai froid. J'avais oublié ce petit détail des pics enneigés. Je me prends un boulet gelé dans le nez. Guillaume se marre. Je ne l'avais pas prévu celle-là. Nous nous tirons dessus comme des gamins.

Nous ne pouvons aller plus haut. Pas de crampon, pas de matériel pour s'encorder, pas de vêtements chauds pour supporter cette atmosphère glaciale. Nous continuons cependant à marcher dans cette montagne où les bouquetins gambadent. Ils font hurler mon estomac qui ne se remplit que de gaspacho et d'oranges depuis des jours.

La descente d'un col nous mène à une cheminée sortant directement de terre. Une mama, tout de noir vêtue, nous ouvre la porte de sa grotte. À l'intérieur, une famille, vivant comme le faisaient leurs ancêtres troglodytes il y a plusieurs centaines d'années. Le soleil refusant de se coucher n'a pas eu plus d'impact que les invasions musulmanes et catholiques, que les troupes napoléoniennes ou que la guerre civile. On vit ici dans une température constante en admirant les paysages alentours. Seule la couleur bleue des flots a remplacé le désert qui s'étalait jadis au pied des montagnes.

Nous mangeons une délicieuse chèvre à la broche. Nous faisons une sieste dans la fraîcheur de l'habitation de ces gens accueillants. C'est idyllique. Nous quittons nos hôtes en scrutant les côtes africaines que nous devinons au loin. Il n'y a plus qu'à trouver une entrée pour le labyrinthe souterrain et traverser les ultimes TS avant de parvenir au but de notre voyage.

Les vingt-deux derniers TS monotones, envahis de publicités faisant l'apologie d'anciennes stations balnéaires bétonnées, paraissent interminables.

Nous y dormons trois fois, dans des recoins réservés à cet effet, sur nos maigres possessions pour que les vagabonds, ayant le même aspect inquiétant que nous, ne nous les volent pas.

Les tunnels semblent davantage insécures, silencieux et suspicieux au fil de notre progression vers le sud. Nous prenons conscience que nous approchons du bout du continent.

Un premier poste frontière ne nous cause pas de problème. Nous avançons au milieu de commerçants, de caravanes de chameaux, de militaires avec mitraillettes et de voyageurs. Des gardes anglais en rouge, avec d'improbables chapeaux noirs tout en longueur, nous font simplement signe de traverser les grilles souterraines. Nous débouchons sur un rocher où des singes nous balancent des cailloux et tentent de voler mes sacs d'herbes séchées et mon bâton de marche, vieille habitude d'un temps où ils détroussaient les appareils photos et smartphone dernier cri des touristes.

Ce rocher britannique est devenu l'unique port d'amarrage des bateaux officiels en partance pour l'Afrique. Une longue file patiente pour franchir la frontière. Nous ne possédons pas le laissez-passer jaune que tous nos voisins d'attente serrent précieusement contre eux. Nous comptons sur la guitare, solution qui a toujours fonctionné lors des contrôles d'accès aux nombreux belvédères et sémaphores que nous avons croisés sur la route. Peine perdue. Le militaire reste aussi fermé et obtus qu'un agent Pôle emploi devant un chômeur refusant un job de quarante-huit heures semaine payées trente-cinq sans tickets restaurant. Nous ne dépasserons pas la ligne.

— On rentre ?

Visage sans expression de mon ami, qui doit signifier un « non ».

Nous marchons un TS, un peu au hasard et désœuvrés. Un joli tunnel d'ailleurs, aux murs blanchis à la chaux et décoré de belles arabesques sombres. Nous montons au premier belvédère venu, sans difficulté, la technique de la guitare étant largement maîtrisée maintenant. Nous nous retrouvons en haut d'un phare, avec vue sur l'Afrique. L'administration française nous a habitués à ce genre d'écueil. Cependant, la frustration reste grande face à l'absence de ce bout de papier nous interdisant de quitter le continent.

— Vous allez en Afrique ?

Un homme, au visage caché par le linge protégeant tous les autochtones du sable et du vent, nous accoste en murmurant. J'ai à peine le temps de répondre par l'affirmative qu'il nous balance par-dessus le parapet du phare pour nous précipiter dans l'immensité de la mer.

En mer

Guillaume saigne du nez. J'en suis désolée pour lui. Non seulement cela semble très douloureux mais, en plus, toute perte hydrique, par les temps qui courent, peut être fatale.

Il a essayé de se battre contre notre ravisseur. Il a perdu. Alors, il est là, sur le bord du radeau, les pieds dans l'eau, en train de maugréer.

Je mange une pastèque, assise en tailleur. Je réfléchirai mieux le ventre plein.

La troisième personne du bateau tente d'entrer en contact avec nous. Boutros, ainsi se nomme celui qui nous a balancé comme des sacs de patates sur son embarcation, nous raconte son histoire entre deux pépins d'agrumes.

— Le soleil ne s'est pas couché. Chez moi, les sages racontent que la cause en est l'homme blanc qui a déréglé la Terre mère. Les esprits se sont fâchés. L'astre s'est fixé haut dans le ciel pour vous brûler et prendre ce que vous nous avez ravi. Qu'avez-vous dire à ça, peuple responsable de la fuite de la nuit ?

— Je suis d'accord avec toi Boutros. Esprit, Dieu, la nature, la Terre, les extraterrestres. Peu importe, l'homme a fait le con.

— Ah. Vous pensez ainsi ?

— Oui.

— Ça ne m'arrange pas.

— Pourquoi ?

— Je comptais vous enlever et vous négocier au plus offrant dans une plantation d'oranges.

— Nous vendre comme esclaves ?

— Tout à fait ! Ce serait équitable non ? Votre peuple s'est comporté de même avec nous.

— Donc tu veux la suprématie de l'homme noir sur le blanc. Tu souhaites nous exploiter, ainsi que nos ressources, comme les miens l'ont fait avec les tiens.

— Oui.

— Mais tu te plantes Boutros, ça ne sera pas mieux pour la Terre !

— Oui, mais j'aurais trois montres chinoises au poignet et un smartphone. »

Passionnée comme je peux l'être, je lui explique ma vision du monde, celle dont je rêve depuis que je suis gamine. Une société égalitaire, sans technologie, dans le partage et l'harmonie, d'échanges et de joies. Guillaume accompagne mes envolées lyriques de quelques accords un brin moqueur. Boutros secoue la tête, découragé.

— J'ai compris. Je ne ferai rien de vous. Rame, jeune femme. Je sais où vous débarquer.

Et, sous le regard goguenard de mon compagnon de voyage qui rythme la cadence de son instrument de torture, et de notre ravisseur n'ayant jamais réussi à vendre un seul esclave, je pagaie sans relâche.

Boutros nous dépose sur une côte escarpée. Une île, nous indique-t-il.

Nous déchargeons la guitare et notre barda, du moins, le peu qu'il en reste, et nous nous allongeons à l'ombre des palmiers.

Ça a l'air bien ici. Les fleurs sucrées parfument l'air. Un vent tiède et humide adoucit la morsure de la chaleur. Le son paresseux du ruisseau me rafraîchit les oreilles. Je me tourne vers Guillaume. Il sourit, les yeux fermés. J'approche ma main encore mouillée de sa joue. Son sourire s'agrandit. Je prends appuis sur le sable fin et me glisse sur lui. Ses bras se referment sur moi. Ses lèvres cherchent les miennes.

— Welcome !

La silhouette que je sens dans mon dos semble vouloir nous accueillir. Surprise, je me retourne, me détache de mon compagnon, déjà debout, protégeant son instrument de musique. Un vague instant, j'en déduis qu'il me croit assez forte pour me défendre seule. Mais juste un instant. Nous réglerons ça, malotru, dès que le jeunot aux cheveux roux nous aura expliqué pourquoi il nous dérange.

— Bienvenue sur notre île mes frères. Si vous voulez bien me suivre, je vais vous guider jusqu'à nos installations. Comment vous nous avez découverts ?

Comme plusieurs fois depuis le début du périple, je raconte nos aventures. Guillaume se contente de hocher la tête de temps en temps. Il est sûrement d'accord. Armando, notre hôte, se montre très intéressé par mon histoire, mes plantes médicinales, nos cultures, la révolte des citadins, les plans de la ferme, les souterrains et la pointe de mes seins. Il me précise qu'ils sont une petite communauté qui vivait en Espagne, en parfaite autonomie, achetant de temps à autre des produits au village de pêcheurs voisin, tissant des vêtements et des bracelets qu'ils vendaient aux touristes, fabricant du fromage de leurs chèvres, et faisant l'amour au son des djembés.

La montée des eaux les a poussés à prendre le radeau et à investir cette île perdue dans la Méditerranée. Tant bien que mal, ils ont survécu sans se manger, et créé ce petit village, que ma mère aurait qualifié de bobo-écolo-hippie.

Ils nous offrent l'hospitalité. Avec insistance même. Il faut dire qu'avec leurs trente et une âmes, ils se connaissent tous depuis longtemps. Et dans tous les recoins. Nous sommes séparés d'emblée. Mon ami disparaît avec deux blondasses qui piaillent devant ses yeux bleus. Je me tourne vers Armando, qui me sourit de toutes ses dents blanches en me tendant une mangue. Je n'ai jamais su résister à l'appel de la nourriture.

La vie s'écoule paisiblement sur l'île. Le soleil est plus bas que chez moi, la chaleur n'y est pas étouffante. Elle est tempérée par la brise marine et les embruns. Une source y naît, quasiment en son centre. Le ruisseau descend paresseusement en serpentant jusqu'à la mer. Il arrose de son eau pure la végétation dense et verdoyante de l'île. Les fleurs sont éclatantes. Les fruits sont juteux. Les mains d'Armando sont douces quand elles massent mon corps endolori par cette longue marche. Elles rafraîchissent mes brûlures. Elles soignent mes cicatrices. Et plein d'autres choses encore.

Personne ne m'a jamais choyée comme cela. Je suis sa perle, sa lune, son étoile scintillante. Et non pas, les mots doux évoluant avec le contexte, son soleil. Je coule des jours heureux dans notre case, à savourer des grenades et du poisson grillé, tisser des ceintures, nager dans la mer aux eaux claires, danser au son des tambourins.

Parfois, je pense à Guillaume, sa guitare, notre complicité. Lui, chante pour ces deux pimbêches qui me regardent en pouffant quand je les croise lors des festivités fleuries qui rythment le temps sur l'île, c'est-à-dire à peu près en permanence.

Je me retire régulièrement dans une clairière, à l'ombre des genévriers. J'écris dans le sable, je chantonne. Je rêve à une autre vie que cette douce existence, qui devrait me combler.

Le jour de la fête des Hibiscus, le musicien s'installe sur un rocher en surplomb de mon boudoir. D'un air décidé, il me demande ce qui me manque le plus.

Pour rien au monde je ne peux lui avouer que c'est son souffle sur ma nuque lorsque nous dormions ensemble, ni nos chamailleries incessantes sur la route.

Il me regarde, un sourire en coin. Et puis, plus puissant que ses bras ou ses chansons, la réponse me vient brutalement.

— Lire. Il me faut un livre. Un Mauriac qui chante mes pins. Ou « Les Misérables » qui me tiendra trois pavés, voire toute la série du « Seigneur des Anneaux ». Un obscur roman policier ou une histoire à l'eau de rose, que je piquais adolescente à ma mère, feront tout aussi bien l'affaire. N'importe quoi qui puisse me transporter dans un monde imaginaire avec des aventures, des sentiments à la guimauve, des crimes à résoudre, des extra-terrestres, et surtout des scènes dans la nuit, au clair de lune ou sous les étoiles !

Il se marre et m'annonce en riant que nous allons fuir ce petit paradis pour me trouver une librairie.

Ce n'est pas si évident. Mon nouvel amoureux, les deux blondasses et la communauté toute entière n'approuvent pas. Ils craignent que nous signalions à d'autres populations, avides de luxe et de sérénité, leurs coordonnées. Nous promettons notre silence. Nous jurons sur nos descendants éventuels, ce qui semble renforcer encore plus la volonté des sorcières peroxydées de retenir mon ami dans leurs filets. Mais rien n'y fait. Nous sommes prisonniers d'une île paradisiaque.

Armando me comble de caresses, de fruits, de paroles doucereuses. Peu m'importe. Je veux un bouquin et la compagnie taciturne de Guillaume. La fête des Dahlias passe. Puis celle des Rhododendrons, des Fuchsias, du Laurier rose et des Frangipaniers. À la fin de la célébration des Ylang ylang, lorsque tous les îliens dorment du sommeil de l'hydromel, mon ami vient repousser le bras de l'homme roux, qui me garde jalousement, et m'entraîne par la main sur la plage. Il pose sa guitare dans une pirogue, m'aide à y monter et nous emporte dans les flots. J'attends que nous soyons assez éloignés pour lui dire à quel point cet enlèvement me paraît romantique et digne d'un conte de fée.

— Tais-toi et rame Princesse. Nous sommes à des lieues de la NFC.

La couveuse

Le temps passe inlassablement dans la pirogue. Je pagaie. Je dors. Je brûle, sous un soleil pourtant déclinant au fil de notre avancée vers l'Est. Un soir de crépuscule, qui éclaire mes cheveux crasseux d'une belle luminosité orangée, nous touchons terre.

J'ai une pensée furtive pour les touristes attendant peut-être encore le coucher du soleil sur la Dune. Cela me paraîtrait incongru qu'un bus de Japonais débarque ici pour immortaliser le moment, qui, selon mes comptes approximatifs, dure depuis plus de deux ans. A trois ou quatre degrés près, quelques tunnels espagnols en plus, et un soupçon de fêtes fleuries.

Sous le couchant, la végétation est luxuriante. Du vert, du jaune, du rouge, du rose. Il y a des fleurs, des fruits, des légumes, de bonnes grosses vaches qui broutent, des lapins qui gambadent, des abeilles qui butinent. Et un fastfood. Avec un clown qui sort nous saluer.

Guillaume semble en transe. La bave dégouline de son menton poilu et amaigri. L'image est très laide. Je le lui dirai un jour. Dans le doute, je ne le quitte pas. Je ne tiens pas à rester seule en territoire inconnu. Je ne compte pas non plus laisser filer celui que je considère presque comme mon amoureux, alors qu'il regarde un mime jaune et rouge avec encore plus de désir que les pimbêches de l'île aux Hippies. Le pouvoir de l'hamburger. L'attirance des potatoes. La fascination du soda.

J'entre à la suite des deux hommes. Du carrelage en damier blanc et noir, des tables et chaises en plastique pastel, un comptoir trop haut pour moi, et des serveurs derrière, charlottes bleues vissées sur la tête et dents blanches carnassières. Un fast-food classique en somme, comme dans mes souvenirs.

Le clown nous invite à nous asseoir. Devant moi, un menu complet. Frites. Thé glacé. Burger au bacon. Sans salade, je n'aime pas ça. Tant pis pour les oignons, je ferai avec. Je ne regarde même plus Guillaume. Je croque dedans et je déguste le meilleur hamburger de toute ma vie.

Les employés surgissent dans l'allée déserte. Ils ouvrent les bras et agrandissent encore leurs sourires commerciaux. Le pantin rouge et jaune entoure les épaules de Guillaume en entonnant un sonore « Bienvenue à vous Etrangers ! », repris aussitôt en cœur par l'assemblée en uniforme noir.

« Bienvenue à vous Etrangers !

Venez, venez bien manger,

Bienvenue à vous Etrangers,

Venez, venez nos prisonniers ! »

Un chant d'accueil en canon. Un sursaut de lucidité émerge, mais le ballet des danseurs aux charlottes bleues m'envoûte. Chorégraphie tournoyante de grimaces étincelantes. Danse mercantile. Comédie musicale m'entraînant dans son sillage. Gospel qui m'appelle. J'effectue des claquettes au milieu des pailles et des paillettes. Je valse dans un verre de cola. Je twiste les burgers et les nuggets. Je brame comme une frite. Je suis belle et heureuse. J'aime la vie et les multinationales. J'entre dans un monde féérique. Quelle joie et félicité !

La douleur explose dans ma tête. Je n'ouvre pas encore les yeux, mais j'essaie d'assembler le puzzle qu'est devenu mon cerveau. Allongée sous un drap, j'entends un bip régulier, je m'accroche à lui.

— Elle reprend conscience. Les sédatifs ne font plus effet.

Je suis donc probablement dans un hôpital. Je me sens mieux. Avant, j'étais aide-soignante. Je portais blouse blanche et je prenais soin de mes patients. Je vais peut-être découvrir que la nuit est tombée, que j'ai abusé de la bière en cette journée de fête nationale et que tout ceci n'a jamais existé.

— Félicitations ! Ce sera une fille !

J'ouvre alors les yeux sur ce qui semble être une gueule de bois mémorable.

J'apprends que le monitoring est correct, bien que je ne m'alimente pas et qu'ils me maintiennent depuis plusieurs semaines en coma artificiel. Mes analyses sont bonnes. Pas de diabète gestationnel. Pas d'anomalie révélée par amniocentèse. Dix doigts, dix orteils à l'échographie. Le fœtus se développe normalement et la rééducation de mes muscles atrophiés fonctionne bien. Je pourrai bientôt effectuer quelques pas et assister aux cours d'accouchement. Nouvelles réjouissantes. Mais les infirmières ne répondent pas à mes vraies questions.

Où suis-je ? Qui sont ces gens ? Comment je me suis débrouillée pour être enceinte ? Est-ce un alien ? Vais-je être élue maman solo de l'année ? Et surtout, qui donc est le père de ce bébé que je porte depuis quatre mois dans mon ventre ?

Des centaines de « bips » plus tard, l'équipe médicale m'a transférée dans un pensionnat nommé « la Couveuse », surveillée par de grandes femmes rougeaudes qui torpillent à la vodka. Nous n'avons pas le droit d'en sortir librement. « Nous », ce sont mes nouvelles copines et moi. Mes « amies » sont apathiques, ont un regard bovin, un sourire niais et se frottent le ventre béatement. Je me faisais une idée de la grossesse comme d'une période idyllique où les vicissitudes du quotidien glissent sur les bidous rebondis et, où le temps coule au rythme des cliquetis des aiguilles qui tricotent de la layette. Mais je n'imaginais cependant pas ce tableau de vaches reproductrices amorphes.

Sauf Nour.

Nour, elle n'a pas l'air ahurie. Elle a une étincelle dans les yeux. Elle sait aligner trois mots. Elle n'a pas envie d'être là. Et elle trie les oignons. Nous avons plein de points communs.

Je l'ai repérée car elle ne dépérit pas sur un canapé devant un des nombreux postes de télévision qui nous vantent en permanence la bienveillance du gouvernement de la NFC, le bonheur de passer seize heures par crépuscule dans un centre de travail, le service rendu à notre belle démocratie mondiale en mangeant la nourriture cultivée sous les lampes UV par les esclaves des pays de l'ombre. C'est un programme en boucle. Je compte la totalité de cette propagande comme une journée crépusculaire.

L'écran me permet de comprendre quelque peu pourquoi je m'arrondis ici. Entre la publicité pour les lentilles qui rendent intelligent (docile ?) et l'allocution de ce cher clown incitant les rebelles à venir goûter son succulent burger (hallucinogène ?), une gentille dame aux cheveux blancs et tablier à vichy rose explique que les enfants nés dans les Couveuses comme la mienne, et qui grandissent dans les centres des futurs citoyens accomplis, sont parfaitement heureux toute leur vie de travail.

Je suis donc devenue une vache reproductrice au service de la NFC.

A J22 de l'enfermement au milieu des bovines, j'ose aborder Nour. Elle s'assoit souvent devant la fenêtre à barreaux. Elle contemple la pyramide. Lorsqu'elle m'entend prononcer mes premiers mots depuis que je suis ici, elle fronce les sourcils et m'invite au silence d'un geste impérieux. Elle sort de sa robe-sac informe un livre que je cache aussitôt sous la mienne.

En examinant les charolaises s'abreuver de propagande, je sens un coup de pied dans mon ventre. Là, juste sous la pression de l'objet interdit. Comme un signe qui signifie que ma fille aimera la lecture. Et elle ne naîtra pas dans cette prison.

Je traduis l'ouvrage, en anglais, petit à petit, dans la relative intimité de ma cellule. Je découvre l'univers de 1984. S'il avait su, en l'écrivant, que la réalité serait bien pire que cela, Orwel aurait été heureux de ne pas avoir écrit le vingt-et-unième siècle.

À la soixante-sixième page, à J25, Nour a dessiné un plan de la Couveuse, orné d'une croix. Lorsque toutes mes copines limousines ronflent d'overdose de télé et que nos surveillantes dorment du sommeil du juste, avec quelques bouteilles vides à côté d'elles, je me glisse hors de ma chambre.

Me fiant à la carte, j'ouvre les portes, dont aucune n'est verrouillée. Pourquoi le seraient-elles ? Personne ici n'a plus de conscience qu'un bulot dans une marée noire. J'arrive dans les cuisines. La jeune femme me tend une plaquette de chocolat. J'attends qu'elle croque un morceau pour dévorer l'aliment à mon tour.

La faim me tenaille. Ils mettent des oignons partout ici et je déteste cela. Je ne mange que les pommes de terre et les navets cuits à l'eau. Du chocolat, quel luxe ! La dernière fois doit remonter au pillage de l'armoire du goûter de la maison de retraite où je travaillais. Jadis. Avant d'être une vache reproductrice. Avant de ramer en fuite d'une île hippie. Avant de traverser l'Espagne souterraine et une France en perdition. Avant de rencontrer Guillaume et ses yeux bleus.

Là, dans le noir de cette cuisine, à me goinfrer avec ma codétenue aussi enceinte que moi et qui ne parle pas ma langue, les larmes montent.

Je ne sais ce qu'il est advenu de mon compagnon de marche et de lit. Dans quel centre de reproduction le clown l'a-t-il amené ? Dans quelle usine à esclavage ? Dans quelle organisation machiavélique abrogeant toute dignité et liberté aux pauvres êtres que nous sommes devenus ?

Nour me sort de ma torpeur. Je montre la tablette en guise d'excuse. Dans un anglais aussi approximatif que le mien, elle m'explique son histoire. Venant de l'autre côté de la frontière, du côté obscur où règne la guerre, le noir et les ténèbres, elle a tenté de rejoindre le soleil éternel.

Dans son pays nouvellement froid, il se raconte que dans la partie ensoleillée de la Terre, les tomates sont plus grosses que des ballons de football, que les gens vivent nus et que la maladie n'est qu'un lointain souvenir. Les fleurs et les oiseaux existeraient encore, et aussi des poissons dans l'eau. Et surtout, la paix, l'harmonie et la chaleur.

Je la regarde en grimaçant. En effet, il y fait chaud. Très chaud même. Pour le reste, je ne lui garantis rien.

Nour s'enrôla dans un groupe de rebelles. Au passage de la frontière, ils s'arrêtèrent dans un fast-food, promesse de toutes les abondances. Ses camarades se ruèrent sur les hamburgers puis suivirent les employés aux charlottes bleues, en faisant des pirouettes et en piaillant des chansons paillardes. Elle ne les revit jamais. Elle se retrouva seule avec son petit bagage et ses nuggets de poulet. Elle n'aime pas les oignons, cela la sauva. Toute nourriture n'est que drogue ici, particulièrement les bulbes, marinés dans un puissant régulateur de l'humeur.

Des soldats de la NFC capturèrent la jeune femme en fuite. Sous sédatifs, mais légèrement consciente, elle a subi une insémination artificielle avant d'entrer dans la Couveuse.

— Il nous faut un mouvement de pagaille, et on file ! s'exclame-t-elle

— Sans savoir ce qu'il y a derrière la porte ?

— Sans savoir non.

Et sur ce dialogue empli d'espoir, je croque avec enthousiasme dans une carotte pour fêter cette décision, sous l'oeil horrifié de Nour. Elle enfourne ses doigts avec une violence inouïe dans ma bouche. Je la mords. Ma cavité buccale est un endroit intime. Elle me bloque le front de son bras et fouille au fond de ma gorge. Je lui donne un coup de genou, qui ne va pas très loin, gênée par ma taille et mon ventre de femme enceinte. Ce n'est vraiment pas juste si je perds ce combat seulement parce qu'elle est plus grande et moins grosse que moi.

Heureusement, il y a les étoiles qui viennent lui chatouiller les oreilles. Elle relâche la pression de ses mains. Des nuages versent une pluie fine de paillettes sur son visage consterné. J'ai un haut le coeur. Haut les coeurs rouges qui agitent leurs ailes en me sauvant. Je vomis de la barbapapa rose et la licorne m'amène au pays des fées.

— Plus jamais de carottes ! Plus jamais », me dit Nour en chantant une berceuse avec la voix douce de ma maman.

Je regarde la télé. C'est tellement intelligent ce qu'elle me révèle à moi toute seule. Elle me dit ô combien je suis importante de faire un enfant à la NFC pour pouvoir augmenter la consommation, enrichir nos dirigeants, diminuer les ressources naturelles pour rendre notre monde aussi stérile que possible.

En plus, des fleurs multicolores éclosent sous mes pieds lorsque je retourne à ma chambre de princesse, m'allonge sur mon lit à baldaquin et raconte ma journée à mes amis les oiseaux.

L'absence de Prince Charmant sur son cheval blanc, et les carrés de chocolat dont me gave mon amie me mettent la puce à l'oreille. Et puis les fleurs finissent par faner, le poste de télévision dit des inepties, les moineaux disparaissent de ma cellule sans fenêtre.

J'ai digéré les légumes et le puissant hallucinogène qu'ils contiennent. Les carottes ne rendent pas aimable. Les carottes rendent malléable.

— C'est à vomir tout cela.

— La solution est de vomir, affirme-je.

— Vomir quoi ?

— Vomir tous les jours cette illusion de princesse qui les tient dans cette prison.

Nous sommes dans la cuisine, à J44 de mon enfermement. Nous mangeons du chocolat, assises au sol. J'en suis à cinq mois et demi de grossesse. Bébé apprécie les petites douceurs. Je sens ses coups dans mon ventre. Cela me rend heureuse. Ma petite fille, je l'aime.

A J60, nous comprenons enfin ce que je voulais bien dire. Nous devons sûrement manger nous aussi des aliments qui nous ramollissent le cerveau, malgré notre tri sélectif. Ou alors, c'est la légendaire incapacité des femmes enceintes à se servir de plus de trois neurones à la fois.

Qu'importe. Lorsque la maisonnée parait endormie, nous déversons les réserves de sel dans les marmites des mijotés. Nos co-détenues sont tellement dociles qu'elles avaleront sans broncher. Les surveillantes ne verront rien, cela fait de trop nombreux mois qu'elles se relayent pour boire des litres de vodka.

Deux jours plein de vomissures. Elles sont désintoxiquées.

J62 ressemble à l'apocalypse au pays de la maternité, un peu comme une télé-réalité de vingt-cinq futures mamans débordant d'hormones. Elles pleurent. Elles crient. Elles s'insultent. Elles se disputent un coussin d'allaitement comme un escarpin un jour de soldes. Les gardiennes hurlent, tapent dans le tas, distribuent des coups, en oublient leur trousseau et les bouteilles d'alcool sur la table.

J'admire le spectacle, songeuse. Est-ce parce que ce sont des êtres humains enfermés ? Des femmes ? Des femmes enceintes ? Des furies ? Des psychopathes atteintes de délire paranoïaque en pleine crise hystérique ? Je n'ai pas le temps de trouver la réponse à cette question. Nour me tire par le bras, entre la clé dans la serrure, et nous ouvre une porte sur le crépuscule égyptien.

ne se couche plus

Le Front de Libération des Nouveaux Jours

Je reste plantée devant la Pyramide, belle et impressionnante, pour la campagnarde française que je suis. Presque recouverte de lianes et d'immenses feuilles d'un vert profond, elle est sans aucune mesure avec la carte postale ensablée que m'avait envoyée Tatie Berthe il y a quelques années. L'Égypte ressemble maintenant à une jungle. D'ailleurs un singe me balance une noix de coco dessus.

Nour rit, puis me rappelle qu'avec nos robes-sac et nos ventres énormes, nous ferions mieux de décamper. Nous courrons comme des gamines en nous tenant la main, bides tremblotants et pieds nus dans le crépuscule. Mon amie m'entraîne dans un dédale de ruelles sombres bordant le large fleuve qui traverse la ville. Elle cherche ses camarades révolutionnaires.

Ils nous font bon accueil au sein du FLNJ (Front de Libération des Nouveaux Jours, et non pas, comme je le pensais, avec un certain étonnement, le Front de Libération des Nains de Jardin). Nous consommons enfin une alimentation normale. Nous retrouvons nos neurones, même s'ils sont passablement mis en difficulté par nos hormones et émotions à fleur de peau.

Leurs locaux, situés dans une antique tombe pharaonique abandonnée et recouverte de végétation, disposent d'un accès internet. Pas de WIFI ou de fibre ici, mais un complexe réseau de fils reliés à un générateur qu'alimentent des vélos d'appartement. Ma grossesse avancée me dispense du temps de pédalage quotidien. En revanche, je suis chargée de chercher et de coordonner les informations en provenance des pays francophones.

L'angle inférieur droit du vieil ordinateur asthmatique indique que nous sommes le 18 mars 2021, 4h30 pm. La France, Terre de la Liberté et des Droits de l'Homme, se traîne péniblement par rapport au Canada, puissante civilisation nocturne qui vit de rôtis de caribous, revend ses poissons surgelés et maintient un ordre paisible grâce à une aimable police montée. La Suisse, et sa neutralité légendaire, quant à elle, prospère allègrement avec les dix degrés supplémentaires que lui a apporté le soleil immobile au-dessus de ses hauts plateaux montagneux.

Après plusieurs semaines de travail, j'arrive enfin à mettre en lien l'ANPE (Abondance Nature Permaculture et Ecologie), la CGT (Club des Grands

Tolérants), la SNCF (Scotophobes et Nyctophobes Continuellement Fédérés), l'ONU (Organisation pour une Nouvelle Utopie), EDF (États Diurnes Fragiles) et le GIGN (Groupe Idéaliste des Gamins de la Nuit). J'ai évincé le FN (les Fantômes Néfastes), aux relents racistes. Je pense qu'il est primordial de s'unir aux régions nocturnes, d'œuvrer ensemble dans la même direction afin de ne pas passer du côté obscur de la force. D'un commun accord, nous nommons cette belle alliance « Résilience ».

Entre deux assemblées générales, parmi les échanges de plans de filtre d'épuration de l'eau, des panneaux solaires, de listes de plantes médicinales et des informations stratégiques sur l'armée crépusculaire, je corresponds avec mes proches.

« Ma Frédérique,

Je suis tellement heureuse de lire de tes nouvelles ! Je t'en veux un peu de ne pas avoir fait l'effort de m'envoyer une carte postale d'Égypte, mais je comprends. Déjà, lors de ton voyage scolaire dans la Creuse, tu étais la seule des enfants à ne pas ramener un magnet pour le frigo familial. Tu avais préféré un bâton de marche gravé à ton prénom. Tu avais une âme de vagabonde ma petite fille chérie.

Quelle joie pour ton père et moi d'apprendre que nous allons être grands-parents ! Nous n'avons en revanche pas compris les coutumes égyptiennes en ce qui concerne la politique de procréation, mais l'important, est que tu puisses pouponner avec sérénité. Ici aussi des contraintes existent dans le contrôle des naissances. Les jeunes, parfois, nous accusent, nous, la génération du babyboom, d'avoir ruiné la Terre. Je serais bien curieuse de savoir ce que feraient ces moralisateurs si on leur redonnait d'un coup la nuit, les discothèques, les voitures de sport, les supermarchés ouverts 24 h/24 h, les jeux vidéo et une carte bleue.

Sinon, tout va bien pour nous! Ton père a rangé son télescope, abandonnant l'idée d'une invasion extraterrestre. Il creuse des tunnels dans le jardin, cherchant un passage secret vers l'Espagne. J'aimerais pouvoir lui interdire l'accès à l'Internet collectif qui lui met de drôles d'obsessions dans la tête. Je regrette l'époque où nous regardions le journal de 13 heures sur TF1 !

> *Nous avons récupéré des plans pour améliorer la maison. Nous mangeons correctement. Notre santé est florissante. L'harmonie règne dans le village, même avec cette peste de voisine qui me pique mes tomates. Mon quotidien d'avant me manque un peu, mais nous sommes plus heureux maintenant.*
>
> *Lorsque ton bébé sera né, qu'il fera ses nuits et que tu auras du temps pour toi, tu devrais chercher sur l'Internet un réseau qui s'appelle « Résilience ». Notre guide porte le même prénom que toi. J'ai parfois l'impression de te lire dans ses mots fédérateurs et pleins de bons sens! Grâce à elle, nous allons mener une Révolution pour un futur meilleur.*
>
> *À très vite,*
>
> *Je t'embrasse,*
>
> *Maman »*

Ma mère a raison. Nous nous rebellons. Nous avons bien tenté de faire sauter ces maudits fast food à coup de cocktails Molotov, mais sans succès. Au final, les camarades du FLNJ s'investissent plutôt dans les rues, les habitations, sur l'Internet, afin de changer les mentalités et les habitudes. Lorsque les hommes arrêteront de consommer ce que la NFC produit, alors ils retrouveront leur libre arbitre et n'auront plus besoin des hallucinogènes qui les maintiennent dans cet état.

Petit à petit, nous y parvenons. La résilience est de mise dans la plupart des régions rurales, y compris dans une bonne partie des pays nocturnes. Seules les grandes villes résistent encore. Nous comptons les sauver.

Nour a donné naissance à un adorable bébé aux boucles brunes, George (Orwell bien évidemment). Moi, je ressemble à une énorme baleine aux jambes aussi grosses que des poteaux. Pas de lavande ici pour activer ma circulation sanguine, mais j'approfondis mes connaissances à mes heures perdues. Les feuilles de marronnier d'Inde me soulagent quelque peu. Au-delà de ma position de fédératrice de l'ombre, je reprends un rôle de guérisseuse.

Les hormones me jouent des tours, mais globalement je trouve ma place ici et envisage la fin de ma grossesse sereinement. Pedro, ancien touriste brésilien bloqué ici depuis que le soleil se montre capricieux, œuvre pour rallier de nouveaux membres. Il me tient souvent compagnie. Il m'apprend des jolis mots de sa langue, je lui transmets les vulgarités françaises. Nous rions beaucoup et j'aime lorsqu'il me contemple avec tendresse.

Ce jour-là, il me paraît un tantinet triste. Le Brésil lui manque. Sa famille, devenue esclave de la NFC, aussi.

Parfois quand je suis nostalgique, je lui parle de mon pays. J'évoque Mamie Lisette et ma petite maison, Clara, Franck et sa bière, Guillaume et ses chansons. Ce dernier point voile le regard de mon brésilien et fige son sourire.

— Près du fleuve, vit un grand brun aux yeux bleus qui ne se sépare jamais de sa guitare. Il ne souhaite pas intégrer le FLNJ. Il veut qu'on lui foute la paix. C'est un mot de ta langue non ?

— Une expression typique de Guillaume oui…

Je m'en vais porter mon ventre proéminent et mes souvenirs au bord de l'eau. Mon vieil ami musicien travaille son jardin dans le crépuscule. Mon cœur bat fort. Je l'observe un moment. Lui aussi a grossi. Il ne semble pourtant pas être enceint. Il est propre. Sa barbe est bien taillée. Ses cheveux frisés sont tondus. Je l'aime tellement.

Je m'approche de la murette basse qui délimite son lopin de terre. Il lève ses yeux bleus sur moi, surpris. Il sourit en s'appuyant sur sa bêche, le regard rêveur et légèrement absent. Il doit probablement carburer aux oignons.

— Mais que fais-tu là ?

— Je viens te chercher.

— Mais je ne veux pas te suivre !

— C'est normal ! La nourriture que tu manges altère ta motivation !

Il fronce les sourcils. Un éclair me transperce le ventre. Le stress de la négociation à venir. Je m'y attendais un peu. La porte de sa maisonnée s'ouvre sur une femme. Elle est belle avec sa chevelure brune qui lui couvre les épaules.

— Chéri ? Qui est-ce ?

— Une connaissance de mon pays natal. Elle vient juste me saluer. Je n'en ai pas pour longtemps.

— Ne tarde pas trop. Le repas est prêt !

Son regard s'anime à ces mots. Mes entrailles se déchirent. Je ferme les yeux en soufflant. Je les rouvre sur un Guillaume qui me considère avec une légère gêne.

— Non. Je ne mange que ce que produisent mon potager et mes poules. L'hamburger m'a servi de leçon. Je ne suis pas un drogué esclave. Je suis amoureux tout simplement.

— Tu as disparu parce que tu étais amoureux ?

— Non, il s'en est passé des choses. Mais en chemin, j'ai rencontré la femme de ma vie. Nous pouvons être amis, toi et moi.

Mon ventre est écrasé par mon chagrin, ma colère, ma déception. Difficilement, à travers mes yeux brouillés par la douleur, je lui tends l'exemplaire anglais de 1984, préparé en présumant que mon compagnon serait enchaîné à un système dictatorial, et non pas que son cœur appartienne à quelqu'un d'autre que moi.

— Je suis content que tu aies découvert une librairie sans moi.

J'ai envie de mordre. La souffrance reprend dans mes tripes.

— Et que tu attendes un heureux évènement !

— Je ne sais pas qui est le père.

— Il faut que tu arrêtes de coucher avec n'importe qui.

Ma peine explose à l'intérieur. C'est Bagdad là-dedans. Des tranchées. Des bombes. Des ruines. Je retiens mes larmes. Il est exclu de montrer mes émotions à cet idiot qui n'a jamais compris qu'il n'était pas le premier venu. Héroïquement, je trouve la force de me retourner et de m'éloigner. Hors de sa vue, je m'appuie contre un arbre pour reprendre mon souffle. La douleur s'estompe, puis déferle de nouveau.

Je suis une cruche. Comment ai-je pu croire que les chagrins d'amour se rappellent à nous toutes les deux minutes ? Je n'ai pas le cœur brisé. Je vais accoucher.

Je ne sais pas par quel miracle je retrouve le chemin du FLNJ sans me faire repérer par les soldats de la NFC. L'instinct maternel probablement.

Nour m'aide à m'accroupir. Elle me tient la main et trouve des mots réconfortants. Je me concentre. Je calque les battements cardiaques sur mon diaphragme. Je ferme les paupières pour mieux ressentir les mouvements de mon corps qui s'apprête à mettre au monde mon bébé.

Je suis impatiente malgré la peur. La douleur est gérable mais m'épuise. Mon amie est toujours présente, comme je l'ai été pour elle. Je la regarde et lui sourit. Le moment est arrivé.

Le temps se distend sur quatre ou cinq poussées. Je ne sais les dénombrer exactement. Il me semble prendre comme une vague sur la plage de la Dune. J'attends la contraction qui monte. Je respire et m'élance sur sa crête jusqu'à ce que la lame se retourne et s'échoue doucement sur le sable. Et mon bébé est là. Minuscule, calme, ses grandes pupilles ouvertes sur les miennes et sur l'existence qui se profile devant elle.

Nour m'aide à m'allonger sur ma couche. Camilla cherche mon sein. Je compte ses doigts, lui caresse le front et l'enveloppe de mon corps. Elle est parfaite. Je m'endors d'épuisement et de bonheur. Je suis mère.

Je me remets assez vite de l'accouchement. De toute façon, le congé maternité n'est qu'un lointain souvenir d'un temps où les travailleurs se battaient pour leurs droits.

Alors que Camilla fête ses premiers sourires, nous décidons, avec Nour, de monter jusqu'au sommet de la Pyramide. L'ascension se révèle difficile, avec nos bébés dans nos châles, et nos jambes qui ont perdu l'habitude de gambader.

Nous sommes le 14 juillet 2021, 19h32. Pas de bière, j'allaite. Pas de feux d'artifice, nous sommes en Égypte. Pas de pouce de Franck pour mesurer, aucune utilité. Le soleil rase l'horizon. De si loin, j'envoie mes pensées à mes amis. Si tout va bien pour eux, ils sont en train de trinquer du haut de la Dune.

Je pouponne. Ma mère a raison. Cela m'occupe. J'interviens encore à Résilience comme fédératrice des initiatives individuelles et collectives, mais dans l'ensemble, les actions suivent leur cours. Une partie de la planète semble avoir compris que la vie n'est pas synonyme d'argent, de pouvoir et de surconsommation.

La technologie existe toujours, surtout dans les grandes villes comme la nôtre. La Nouvelle Frontière Crépusculaire reste un endroit sous domination des anciens puissants. Nous les surveillons de loin. Enfin, de près puisque nos locaux s'y trouvent. Cependant, ils se montrent moins expansionnistes qu'avant. Les révolutionnaires de toute part ont libéré les centres de travail, les laboratoires de reproduction, les couveuses, les ateliers d'expérimentation. L'horreur de l'autoritarisme de la NFC commence à poindre sur l'Internet. Même les plus hallucinés des citoyens de la Frontière commencent à redescendre sur Terre et à percuter que les éléphants roses ne valent pas une vraie existence. Le monde vit une gueule de bois généralisée. Un sevrage collectif.

Les membres du gouvernement vivent en autarcie, tel Picsou dans son coffre. Un jour viendra où ils n'auront plus de pétrole et leurs batteries nucléaires rendront l'âme. Ils devraient alors s'entre-dévorer et nous en serons débarrassés.

Nous attendons cela sans trop intervenir. Un petit attentat par-ci, une bombe par là. Rien de bien violent en somme face aux atrocités qui ont été commises. Mais le constat est sans appel. Si nous n'envoyons pas, quelquefois, une grenade sur leurs locaux, ils s'octroient le droit de construire un fast food ou de tenter de capturer des jeunes femmes en âge de procréer.

Camilla a bientôt un an. Le temps a filé. George esquisse ses premiers pas et lui tombe dessus. Elle ronchonne. Nous rions. Ils s'entendent tellement bien que nous voudrions les marier plus tard. Mais leur génétique inconnue laissera toujours un doute sur une éventuelle consanguinité. J'essaie de ne pas trop me questionner sur les conséquences que la conception atypique de ma fille aura sur elle et son avenir. Ni sur le moment où elle m'interrogera à ce sujet.

Nour vient souvent me rendre visite après nos journées de travail à la FLNJ. J'ai quitté les locaux pour une maisonnette et un lopin de terre envahi de jungle non loin. Pedro est mon colocataire. Au fil des jours, nous avons également coloca té mon lit.

La vie s'écoule assez paisiblement malgré la peur qui m'assaille lorsque je ne vois pas rentrer mon compagnon après un combat pour libérer des prisonniers. Je m'occupe aussi de ces pauvres gens qui débarquent dans la vieille pyramide, devenue hôpital de fortune pour leur sevrage. Ils ont pris tellement de drogues différentes sur plusieurs années que les quelques plantes médicinales que nous trouvons ne sont pas suffisantes. Ils crient, se tordent de douleur, pleurent et me vomissent sur les pieds. Je préférais mes petits vieux à la maison de retraite.

Pedro est adorable. Il parle sans arrêt. Je ne comprends pas toujours tout. Il dit que je suis jolie, intéressante, et enjouée. Devant ma mine septique, il rajoute qu'il m'aime, moi, son grand amour, qu'il est heureux avec moi. Bon, il ne range pas ses chaussettes et se montre rancunier dès que je lui dis que la France a gagné le Brésil 3-0. Mais je l'aime aussi avec tendresse.

Je m'ennuie, évidemment. Je devrais consulter un psychologue, un astrologue ou un marabout pour traiter ce profond problème qui a souvent entraîné des décisions impensables quand ma vie me semblait trop ordonnée. Mais je pense que je me complais dans cette situation. Alors je nettoie le linge, ramasse mes fruits à pain et rêve devant le coucher du soleil.

— Internet collectif installé au village. Stop. Nadine et Louis rentrés depuis deux saisons avec bananes et mangues. Stop. Région presque ensablée. Stop. Oasis prospère. Stop. Moi papa d'Amandine. Stop. Clara toujours aussi belle. Stop. Moi espère toi vivante. Stop. Bisous. Stop. Franck. Stop.

Un jour, j'expliquerai à Franck qu'un mail n'est ni un télégramme ni des signaux de fumée. Je suis cependant étonnée qu'il ne m'ait pas envoyé un pigeon voyageur.

Mon chez-moi me manque terriblement. Ensablé ? Oasis ? Est-ce que mes vertes prairies se sont transformées en désert ? Est-ce qu'il y a des chameaux ? Des touaregs ? Le Petit Prince ? Est-ce que les bananiers sont aussi grands qu'ici ? Je pourrais ramener des noix de coco ! Et des singes! Est-ce que la

Dune existe toujours ? Est-ce qu'elle a des sœurs maintenant ? Comment Franck fait-il pour brasser de la bière ? Le houblon pousse-t-il dans le sable ? Ma demeure est-elle devenue une tente ? Ou un palais de pierres blanches ?

Que de questions auxquelles Franck mettra des mois à répondre au vu de son style littéraire. Je ne peux pas attendre. Le coeur de Pedro se brisera, mais je vais rentrer à ma maison.

Pedro va au Brésil

Il danse la samba

Il va de ville en ville

Pour apprendre des pas

Tout est allé désespéramment vite. J'ai annoncé à mon compagnon mon envie de retourner au pays. Il en a conclu que puisque je ne voulais plus de lui, il rejoindrait les siens.

Il est vrai que je n'ai pas pensé une seule seconde qu'il pouvait m'accompagner.

Il est vrai que, encore une fois, j'ai pris une décision dans mon coin sans en mesurer les conséquences.

Il est vrai que, comme d'habitude, je suis totalement incapable de mettre ma fierté de côté et de revenir en arrière.

Pedro est au Brésil

Il danse la samba

Il est trop tard maintenant. Il y a quelques heures, il serra Camilla fort contre lui. Puis il me prit dans ses bras avec émotion et s'en fut.

Il va de ville en ville

Pour apprendre des pas

Un coup dans la porte interrompt ma rêverie hautement musicale et me fait battre le cœur très vite. Ca toque. Pedro revient. J'ouvre.

Guillaume.

— Qu'est-ce que tu fous là ?

Mon accueil est des plus chaleureux.

— Euh…

— Une visite de courtoisie ? Tu aurais pu amener une tarte meringuée au citron quand même ! Ou un grand cru médocain. Tu n'es pas venu avec Madame ?

— Euh… Elle m'a quitté.

— Et donc ? Tu t'imagines que tu peux revenir comme ça ? Je suis une bouée de sauvetage ? Un filet de secours ? Un kleenex multi-usage ? Tu me prends pour qui ?

— Euh… On m'a donné cette adresse à la FLNJ, pour rentrer chez moi. Je te prends pour une passeuse ?

L'andouille. Il a frappé à la bonne porte.

Le retour

L'expédition est presque prête. Un rituel nous attend. Nour, et George, bien calé dans son dos. Maryvonne et Michel, retraités camping caristes, otages depuis quatre ans dans un pays qu'ils venaient visiter en touristes. Guillaume, toujours aussi taciturne. Camilla, ma petite fille, dans mes bras. Nous sommes le 14 juillet 2022, et nous grimpons une dernière fois sur la pyramide verte de feuillages dont la vision a accompagné mes journées, enfin mes crépuscules, pendant près de deux années. A l'Ouest, le chemin pris par Pedro qui va essayer de rallier l'Amérique latine par l'océan Atlantique après avoir traversé le continent africain. Au Nord-Est, notre route qui se dessine.

La montée est rude sous la moiteur du couchant d'Égypte. Il faut également en redescendre. Le groupe entier me déteste déjà. C'était une idée saugrenue, nous allons assez marcher comme ça dans les mois à venir pour ne pas se rajouter cent-trente-neuf mètres de lianes à grimper. Mais je suis une éternelle sentimentale. Et j'aime à me dire que j'ai survécu un an de plus à tout ce cirque.

Le départ de Pedro, le retour de Guillaume, l'ascension de la Pyramide. Tout cela est beaucoup trop pour mes petites jambes et mon coeur d'artichaut. Je prends le premier tour de dodo dans la charrette tirée par nos mules. Entre deux sacs de céréales, je me cale avec Camilla, et nous nous mettons à ronfler sous l'œil goguenard du grand brun, qui doit probablement croire que je suis la même assistée que lorsque nous sommes partis de notre village, il y a si longtemps.

Je me réveille dans la nuit. Je n'ai même pas vu le soleil se coucher. Aucun mot ne peut décrire ma déception. J'attends ce moment depuis quatre ans. Tout est noir, Camilla pleure, je la serre contre moi et m'assois dans la carriole qui s'arrête.

Gais et paisibles, mes compagnons évoquent le plaisir à marcher dans la fraîcheur. Du moins, si nous ne tenons pas compte de la difficulté à trouver le chemin sur la route défoncée par les bombes et la végétation. Ce sont d'ailleurs de curieuses feuilles blanchâtres. Les salades doivent manquer de chlorophylle dans le coin. Nour et George se réveillent aussi. Nous descendons de la charrette, mangeons du manioc et des fruits frais, assis par terre, profitant de l'humidité de la nuit qui nous chatouille les jambes. Les enfants rient.

Guillaume me désigne le ciel, couvert d'étoiles, en souriant. Je fais un caprice pour qu'on éteigne les lanternes. Les garçons s'exécutent en se marrant. Elles brillent, elles scintillent. Quelle beauté!

Notre véhicule est lourdement chargé. Nous possédons des couvertures qui peuvent servir de tentes et des vêtements chauds. La température, pour l'instant agréable, se rafraîchira au fil de notre avancée vers l'Est. Nous avons de la vaisselle, des plantes médicinales, des armes et de la poix pour fabriquer des torches et des vivres pour tenir plusieurs semaines : fruits, légumes, viande séchée, céréales. Et des noix de coco. Pour les manger, mais aussi pour que je les cultive dans mon oasis en rentrant chez moi. Dans tout cet attirail, soigneusement rangé par Michel, habitué aux chaises pliantes et aux casseroles emboitables du camping-car, nous avons aménagé une couchette pour trois personnes. Ou deux mamans et leurs enfants.

Les hommes bataillent. Maryvonne, fatiguée, souhaiterait se reposer. Demande légitime, elle marche depuis de nombreuses heures. Mais combien ? Comment va-t-on mesurer le temps qui passe maintenant que nous n'avons plus d'ordinateurs ? En degrés négatifs au fil de notre avancée dans la nuit ? En nombre de torches brulées ? En réserve de poix qui diminue ? En noix de coco avalées ? En tétées de bébé ? En fréquence de prise de tête entre nos deux misogynes ?

Ils sont tous les trois exténués et veulent dormir. Michel dit qu'il est hors de question de laisser les filles (c'est nous ça?) gérer le trajet et la charrette. Guillaume lui répond qu'ils avaient qu'à y réfléchir avant d'envoyer les procréatrices pioncer en même temps avec leurs marmots (c'est nous aussi?). Le vieux camping-cariste rétorque qu'il n'imaginait pas une seule seconde que nous nous réveillerions si tard. Maryvonne, elle, avec leurs enfants en bas âge, elle se levait la nuit pour les nourrir et les changer, lui faisait le petit déjeuner le matin, s'occupait de la maison, et, le soir, lui massait les pieds quand il rentrait de son travail. Le musicien hausse les épaules en argumentant qu'à deux cerveaux (il s'agit encore de Nour et moi ?), nous devrions être capables de suivre une route droite. Michel souffle que les femmes (Pas juste nous ? Il fait une généralité, non?), n'ont aucun sens de l'orientation.

Maryvonne soupire et grimpe dans la charrette pour s'organiser un coin douillet sur les couvertures. Guillaume lui emboite le pas. L'époux explose. L'idée que son épouse dorme à côté d'un autre homme le met hors de lui. Guillaume me fusille du regard, comme si j'y étais pour quelque chose moi. Il n'avait qu'à pas se faire plaquer, il ne serait pas là avec nous.

Nous marchons en silence. Je me demande bien ce que peuvent imaginer ces deux machos. Michel vivotait entre touristes dans un vieux camping avec piscine, mini supermarché et électricité branchée sur un générateur alimenté pendant des mois. Guillaume roucoulait dans une charmante demeure avec une compagne qui devait lui concocter de bons petits plats. Nour et moi, après nous être libérées d'une prison pour futures mères droguées, avons organisé le réseau qui a permis de les affranchir du joug de la NFC et de poser les bases d'un monde meilleur. Je n'ai peut-être pas avalé une boussole, mais en revanche, j'ai soigneusement préparé l'itinéraire qui va nous ramener chez nous, et dans les conditions les plus sécures possibles. D'ailleurs, si j'ai bien traduit la pancarte que nous avons passé lorsque les hommes se chamaillaient, nous irons dormir bientôt dans un vrai lit.

Le musicien chemine à l'avant. Nour et moi bavardons à l'arrière, nos enfants emmitouflés dans nos châles, sur notre dos. Moi, je suis celle qui rallie les gens, en évoquant des utopies, des idéologies et en trouvant les moyens concrets de les appliquer. Au cours de ses deux dernières années, j'ai pu constituer et coordonner un réseau solide, à l'échelle mondiale, tendant vers le même idéal de vie. Nour, elle sait tout. Elle m'impressionne par la façon qu'elle a de récolter les informations, de tirer les vers du nez de chacun, de croiser ses sources et de détecter, avec une efficacité redoutable, les espions comme les idées susceptibles de mettre en péril l'équilibre de notre organisation. Il ne faut pas se leurrer. Au milieu des groupes et associations aux belles convictions, se cachent quelques personnes assoiffées de pouvoir, grand ou petit, et même des agents de la NFC, qui guettent le moment où le monde pourrait être asservi de nouveau. Nous comptons d'ailleurs profiter du trajet du retour pour agir là-dessus, un peu comme une campagne de sensibilisation mêlée d'une mission diplomatique.

Des ricanements se font entendre à l'avant. Je l'entends presque penser que nous sommes complètement délirantes depuis que la maternité nous a frappées. Je n'ai pas envie de lui expliquer. Le FLNJ est une période de ma vie où j'ai vécu sans lui. Et je m'en sortais plutôt bien. J'avais trouvé ma place.

Une torche et demi plus tard, mon ancien compagnon musicien me fait peine. Il marche avec difficulté. Ses yeux se ferment parfois et ses pieds trébuchent sur les pierres de la route défoncée. Je l'ai rejoint depuis quelque temps à l'avant de la charrette, pour guider le convoi. Nos mules portent les doux noms de « Rosette » et « Avancedonc ». J'adore Avancedonc, mais je sais que nous n'avons pas eu trop le choix. Animal caractériel, Avancedonc vit sa vie sans forcément être d'accord avec le chemin que nous voulons prendre. Nous nous entendons bien. Et sa réputation, pour l'instant, n'est pas à la hauteur de sa docilité. J'ai installé Camilla sur son dos. Elle caresse le poil de sa monture avec affection. Je m'inquiète beaucoup pour ma fille, qui à l'âge où elle devrait jouer avec des bouts de plastique colorés qui font de la musique quand on les insère dans la bonne forme, va grandir dans le noir pour une marche interminable. Heureusement qu'elle aura la compagnie de George, enfant gai et ayant quelques mois de plus qu'elle, qui lui montrera comment tirer les oreilles de Rosette ou piquer des céréales dans la charrette, à l'insu des adultes.

Mais je laisse là mes inquiétudes de mère sur l'effet que la nuit aura sur ma fille, et j'essaie de négocier avec Guillaume qu'il aille se coucher auprès du couple de camping-cariste pour prendre un peu de repos. Peine perdue, sa fierté de mâle semble l'empêcher de paraître faible devant l'autre homme du convoi. Je hausse les épaules et continue de guider la carriole.

La deuxième torche n'est pas tout à fait consumée que je désigne avec enthousiasme une jolie dame aux cheveux décolorés, short en cuir sur bas résilles et soutien-gorge rouge qui nous ouvre les bras, appuyé sur une pancarte mentionnant « STraSS ». Nous sommes arrivés à la première étape de notre long voyage.

« Nous nous relayons pour vous attendre ! C'est un tel honneur de vous recevoir », s'exclame-t-elle.

Michel et Maryvonne écarquillent les yeux, visiblement choqués au réveil. Guillaume semble dubitatif. Ils suivent néanmoins la jeune femme blonde vers le palais de pierres blanches dont nous devinons les contours aux immenses torches qui le parcourent.

Priscilla est intarissable. Sur le chemin qui mène à sa demeure, elle nous montre le potager, le premier nocturne que je découvre. Je regarde avec attention les espèces mélangées sur chacune des couches que forment les buttes de pailles blanchâtres servant également de nids aux lucioles. Il y a là des navets, des radis, des sortes de pommes de terre violettes, des salades, des choux et sur le dessus trônent des légumes « d'été » : aubergines, tomates et poivrons. Il est vrai qu'ils sont un petit peu pâlichons mais donnent bien envie quand même.

Sur les arbres grandissent des framboisiers et cassissiers albinos qui s'enroulent autour du tronc et des branches. Je reconnais aussi des châtaigniers, des sureaux et de nombreux végétaux qui me sont inconnus. Le jardin est un immense fouillis de multiples variétés se chevauchant, s'entre croisant, se nourrissant les unes des autres dans une parfaite harmonie. Sans lumière.

— Merci à toi et à Résilience. Sans vous, nous n'arriverions pas à nous alimenter. Et sans être indépendants à ce niveau-là, les adhérents du STraSS seraient particulièrement vulnérables !

— Ah non, je t'en prie ! Moi, je n'ai rien fait, à part vous mettre en lien avec les Chinois qui ont trouvé cette méthode de culture et les Turcs qui ont pu vous dépanner en graines. Et puis, échanger cela avec vos techniques pour fabriquer des préservatifs avec des boyaux d'animaux, quel talent et quelle avancée ! Vous avez procédé là à une coopération telle que je les aime, et qui donne toute sa légitimité à Résilience. Alors merci à toi et au STraSS. Et merci également de m'héberger, avec mes compagnons et mes mules. »

Lesdits compagnons sont bouche-bée devant ce dialogue incompréhensible à leurs oreilles. Nour, qui a négocié en grande partie les logements sur la route, se marre. Cela n'a pas été trop dur. Notre réputation nous précède.

Priscilla nous fait entrer dans son palais, ensemble de maisonnées basses et carrées, dans une enceinte fortifiée. Il s'agit d'un endroit idéal pour ce type de travailleurs. Coquet et confortable, mais aussi sécurisé. L'humanité, même si elle me semble plus sage qu'il y a quelques années, est profondément emplie de préjugés. Il ne faudrait pas que la haine, ou la soif de pouvoir, déferlent sous prétexte que ce bâtiment historique sert de refuge à un regroupement de prostituées en tout genre.

Le STraSS existe depuis longtemps, bien avant que le soleil ne cesse sa course. Il garantissait, à l'origine, les droits des travailleurs sexuels, au niveau protection vitale ainsi que pour les cotisations à la sécurité sociale et à la caisse de retraite. L'association prit une autre direction lorsque la catastrophe solaire eut lieu.

Priscilla nous explique que le bois de Boulogne a été déserté des clients habituels. Non seulement les citadins parisiens s'y sont réfugiés pour planter des piments, mais le plein jour permanent n'assurait plus la discrétion nécessaire. Aussi, elle a décidé, avec quelques-uns et quelques-unes de ses collègues, de migrer vers la NFC pour y trouver un endroit plus propice à des conditions de travail optimales. Avec des prostitués de tout pays, bien organisés, ils se sont établis dans ce havre de paix et de volupté.

Priscilla nous indique nos appartements pour la durée de notre séjour. Notre unique couple a droit à la suite royale, aux murs tapissés de miroirs et emplie de coussins de soie moelleux. Guillaume hérite d'une petite chambre dans le quartier des gays. Nour et moi, ainsi que nos enfants, partageons une belle pièce aux tentures et aux draperies rouges. Deux petits berceaux attendent nos bébés fatigués. En me couchant dans le lit en forme de cœur en compagnie de mon amie, je me dis que même si l'hospitalité est des plus chaleureuses, le STraSS n'est pas encore l'endroit adéquat pour favoriser l'éveil de Camilla.

Je me trompais lourdement. Les moments que nous passons ici se déroulent dans la joie et la bonne humeur. Camilla et George intègrent la crèche de l'association, où ils s'épanouissent avec plein d'autres bébés. Lorsque les enfants grandissent, ils vont à l'école municipale où un excellent accueil leur est réservé. Pas de discrimination ici, quelle que soit la nationalité. Que l'on soit fils de religieux ou de prostituée, on est avant tout un enfant ayant droit à la meilleure scolarité. Cette cité a lourdement souffert de discorde pendant des siècles. La nuit a apporté la paix et le respect de la différence.

Je passe beaucoup de temps dans le jardin, ainsi que dans la cuisine laboratoire des locaux, en compagnie de prostituées. Je leur donne des graines de plantes contraceptives et leur montre comment fabriquer des baumes pour certaines maladies vénériennes. Elles me racontent nombre d'anecdotes sur leurs clients les plus farfelus, les situations cocasses et me filent plein de conseils aussi, au cas où, un jour, je découvre l'amour avec un grand A, et que je ne le laisse pas filer avec une autre.

Nous voyons peu Michel et Maryvonne, qui semblent retrouver une nouvelle jeunesse dans leur suite royale. Ils viennent manger régulièrement avec nous, l'exercice ouvrant l'appétit, et échangent des clins d'œil amusés avec nos hôtes.

D'un commun accord, nous laissons Guillaume dans sa chambre. Il s'y terre, craignant de faire une mauvaise rencontre. Dans l'abri chaleureux de la cuisine, après leur travail, ses voisins gays me racontent comment ils l'effraient en le regardant avec intensité ou en lui disant « I love you baby ! ». Nous nous moquons tous.

La veille de reprendre la route, j'ai un sursaut de pitié et cesse ma petite vengeance. Il n'a pas fait exprès de tomber amoureux. Il a cru pouvoir être heureux avec une femme et il a tenté le coup. Ce choix se respecte.

Alors j'envoie Freddy enterrer la hache de guerre pour moi. Le jeune indien va toquer à sa porte, armé d'une guitare. Le musicien ne peut résister. Et, sous notre œil amusé, il entonne « I want to break free » de sa si belle voix, puis enchaine sur « Wake me up before you go go ». Il ne lui manque plus que le petit short rose. Je l'écoute sans me lasser lors de cette soirée de partage et de rires. Finalement, sa compagnie sera un bonus pour le reste du voyage.

Chemin de nuit

Nous reprenons la route, avec trois coussins de velours rouge pour notre coin couchette, et un Freddy en plus, impatient de découvrir notre beau pays. Je le pense un peu amoureux de Guillaume, de sa voix et de sa guitare. Je ne perçois pas d'autres raisons justifiant son envie de nous accompagner. Je passe beaucoup de temps à lui expliquer que ma région est visiblement devenue un désert, et que la liberté n'existe plus vraiment, malgré les évènements de 1789. Mais Freddy est très enthousiaste. Il souhaite connaître la bière de Franck, le soleil éternel, arrêter de vendre son corps et travailler aux champs.

Michel boude un peu, parce que parait-il, cela fait une bouche de plus à nourrir. Maryvonne est rayonnante, Freddy lui faisant tellement penser à son cadet, un jeune peintre dont le talent n'a jamais été reconnu et au caractère si placide. Elle espère qu'après la coupe du monde, il a eu l'idée de redescendre dans leurs montagnes natales et qu'elle le retrouvera en rentrant.

Je serre Camilla contre moi. De nombreuses familles ont été séparées lors de la catastrophe. Et tant de gens sont morts. J'ai la chance de savoir la mienne en vie, même si je ne suis pas sûre de les revoir un jour. Et je savoure chaque nuit qui passe la présence de ma fille contre ma peau, bien calée dans mon dos ou sur ma hanche.

Après une bonne torche de marche, Nour va se coucher, suivie par Guillaume. Cela me fait un peu étrange, j'ai tellement eu l'habitude de m'endormir contre lui avant. Peut-être que le petit truc qui se serre dans mon cœur s'appelle jalousie. Et pourtant, c'est à Pedro que je pense lorsque je ferme les yeux chaque fois avant de m'assoupir.

Je guide les mules à l'avant avec Michel. Le camping-cariste se risque maintenant à apprécier ma guidance. De toute façon « Avancedonc » n'obéit qu'à moi. Il précise que notre tempérament explosif et têtu nous rapproche. Cela me fait marrer. Et je ne suis pas d'accord d'ailleurs. Je n'ai pas mauvais caractère. Je suis tolérante et douce, bienveillante et arrangeante. C'est juste que parfois, les émotions me dominent. Et qu'éventuellement, lorsque je suis fatiguée ou triste, mes réactions sont difficiles à comprendre.

Mais cette nuit de marche m'est plaisante et j'écoute avec attention Michel me raconter ses aventures de camping-caristes, depuis les difficultés de stationner à Palavas les Flots jusqu'à la peur que Maryvonne avait eu alors qu'en panne, un chevelu s'était approché d'eux.

— Tu te rends compte ? C'était un punk à chien quand même ! Nous avons eu une de ces trouilles ! Il aurait pu avoir une arme blanche, nous attaquer pour de la drogue ou une grosse canette de bière, nous lancer son berger allemand dessus !

— Alors qu'est-ce qu'il a fait ?

— Il nous a remorqué le camping-car avec son poids lourd et nous a offert l'apéro. Depuis cette histoire, j'ai beaucoup moins de préjugés.

— Du genre, tu peux dormir dans une maison close et te faire pote avec un gay ?

— Freddy est un gentil garçon…

— Du genre, laisser une femme conduire le convoi ?

Je ris. Michel grommelle un moment, me fait un clin d'oeil puis va prendre le prochain tour de dodo avec son épouse et Freddy.

Les nuits défilent ainsi, assez monotones. Nous remontons le long de la côte. En raison des combats sanguinaires contre la NFC, il faudra bifurquer vers l'Est, vers le grand froid, là où le temps s'est arrêté en plein coeur de la nuit. Des amis nomades nous attendront avant pour nous indiquer le chemin. Nous ne devons pas trop traîner pour ne pas les retarder eux aussi. Ils marchandent des métaux précieux et le temps qu'ils passent à nous attendre les ralentit dans leur commerce. Résilience les a dépannés, il y a quelques mois, sur l'alimentation nocturne qu'ils pouvaient donner à leurs chevaux. Alors ils se sont proposés de nous aider à passer cette zone de conflits.

Lors d'une torche, je me retrouve à dormir contre Guillaume. C'est le roulement qui en a décidé ainsi. Nous sommes côte à côte dans la charrette, mon corps entourant celui de ma fille, nos mains se trouvant naturellement sous la chaude couverture. Le sommeil tarde à venir. Les souvenirs affleurent, de l'époque où j'étais une naïve jeune femme qui râlait à chaque ampoule au pied.

— Guillaume, tu dors ?

— Bien sûr que non. Tu viens de me broyer la main.

— Tu n'as jamais été amoureux de moi ?

— Je crois que si.

— Mais pourquoi tu es tombé amoureux d'une autre ?

Guillaume réfléchit longtemps.

— Je t'ai aimée différemment.

J'ai juste le temps de compter que le roulement nous fera dormir de nouveau ensemble dans douze torches, et je sombre dans mes rêves.

Je n'ai vraiment pas de chance. Onze torches plus tard, après une route sans embûche et très monotone, nous arrivons au campement de mes amis nomades. Leurs tentes sont tendues autour d'un feu. Ils se lèvent tous pour nous accueillir les bras ouverts, se dirigeant vers Guillaume, Michel et certains vers Freddy, même si la tunique rose assortie au rouge à lèvre de celui-ci les fait tiquer un instant.

Ils découvrent alors que leur contact de Résilience a un prénom mixte et que c'est une fille. Ils sont extrêmement gênés et déçus. Moi, je suis dans une colère noire devant tant de bêtise et d'ignorance, mais je regarde mes pieds avec humilité. Ce n'est pas le moment de tout faire capoter au nom de l'égalité homme/femme. Nous ne pourrons jamais éviter la zone de confits sans eux.

Après une soirée que les hommes passent à jouer sur des instruments à cordes inconnus de Guillaume et où je découvre que les femmes sont loin d'être aussi coincées que je ne le pensais, nous nous endormons, séparés par sexe. Freddy a finalement atterri avec nous, son maquillage ayant fait peur aux grands guerriers habitués à la castagne et aux longues chevauchées.

Maryvonne pleure sa première nuit sans son époux depuis la naissance de leur benjamin dans les années 80. Et encore, c'est vraiment parce que l'infirmière avait insisté pour qu'elle dorme seule à la maternité, fatiguée qu'elle était de sa césarienne, et de Michel qui ronfle comme un camionneur.

Pour empêcher notre amie de broyer du noir, Freddy, Nour et moi la harcelons de questions. Elle nous narre avec passion la rencontre avec son futur époux au bal des pompiers de son village alors que, agent de la SNCF, il était sur un chantier dans sa région. Le coup de foudre. Le mariage dans l'église avec sa belle dentelle blanche. Le pavillon en banlieue. La naissance de leur fille, puis de leur premier garçon, celui qu'elle reconnaît en Freddy, et enfin le petit dernier qu'ils n'attendaient plus. Elle nous raconte sa vie de labeur pour tenir la maison, mais la joie d'aller pique-niquer en famille au parc le week-end. La retraite est arrivée et le couple a décidé d'investir dans un camping-car. Ils ont écumé les petits chemins à la découverte des plus beaux villages de France, des châteaux de la Loire et des parcs d'attractions.

Pour leur 40 ans de mariage, ils ont sauté le pas et ont acheté un billet d'avion. Au Caire, ils ont loué un camping-car et comptaient visiter l'Égypte pendant quelques semaines. Le coucher du soleil les a surpris devant la pyramide de Khéops. Ils n'ont jamais sillonné les routes égyptiennes mais sont restés quatre ans dans un camping désaffecté en se débrouillant comme ils pouvaient.

Maryvonne s'endort avec l'impatience de retrouver ses trois enfants et son pavillon de banlieue non loin de ses montagnes. Je n'ose pas lui dire que la dernière fois que j'ai vu le pays, c'était un sacré bazar quand même.

Freddy (son enfance en Inde dans la mauvaise caste, en plus d'avoir le mauvais sexe, son exil de l'Asie pour trouver sa place, son échouage dans une maison close en Cisjordanie sans trop savoir comment) et Nour (née dans une contrée en guerre, qui perd toute sa famille dans un fast food empoisonné, enceinte par insémination d'un gouvernement dictatorial, puis rebelle dans la Révolution) échangent un regard un peu triste.

Je n'apporte pas mon témoignage de vie. Je suppose que ma vie simple et mon célibat persistant ne les inviteront pas à rêver.

Nous prenons la route dès le lendemain, après un austère petit-déjeuner. Les cavaliers nous encadrent, leurs marchandises installées sur les flancs de leur monture. Avec notre carriole et nos mules, nous ressemblons à des ploucs à côté de ces nobles marchands à la posture altière. L'un d'eux a pris Camilla devant lui. Elle est très fière. Il part parfois chevaucher au galop. Elle rit aux éclats. Je suis épouvantée. Ces nomades, nos amis, me rendent terriblement mal à l'aise.

Nous avançons droit sur une cité dévastée lors d'une lointaine guerre meurtrière. Il n'y a plus rien dedans depuis fort longtemps, sauf peut-être du savon. Plus rien à piller, plus rien à tuer, plus rien à voler, alors nous y serons tranquilles. Nous reprendrons ensuite au-dessus de cette ville vers l'ouest pour retrouver le soleil en Turquie.

Le froid se fait mordant et la neige tombe. Nous nous emmitouflons sous nos couvertures et nous nous aventurons doucement sur un tapis blanc de plus en plus épais. À la lueur des torches, les enfants découvrent les batailles de boules glacées sous l'œil désapprobateur des nomades. Nous faisons trop de bruit. Nous prenons trop de place. Nous les gênons, c'est évident.

Ils nous voient comme de grands bambins dépendants, des personnes qui n'ont jamais voyagé et qui ne connaissent pas la vie itinérante. Pourtant, nous sommes organisés et nous nous suffisons à nous même. Ils tiennent particulièrement à ce que nous dormions lors des pauses pour reposer les chevaux. Ils ont des tours de garde et plantent leur campement autour du nôtre. Afin de leur montrer notre autonomie, nous organisons nos propres rondes, là encore sous leur regard suspicieux.

Nour comprend le malaise, lors d'une de ses veilles. Elle maîtrise un peu leur langue, et nous transmet ce qu'elle en a compris. Elle nous explique donc, en souriant d'un air naïf en désignant les enfants comme si elle évoquait leurs dernières découvertes, que ces hommes veulent nous revendre. Michel et Guillaume pour leur force au travail. Nour, Freddy et moi en tant qu'esclaves sexuels. George et Camilla sur le marché noir pour leurs organes. Maryvonne sera jetée dans un fossé, elle n'a aucune valeur marchande.

Il fait aussi froid dans mon corps que dans la nuit enneigée. Mon être n'est que frissons. Pourtant, il ne faut rien montrer de notre panique et continuer à badiner tels les joyeux insouciants que les nomades pensent que nous sommes.

— Se laisser distancer ? demande Michel d'un air innocent.

— Non, ils nous entourent en permanence. Et l'un d'eux porte Camilla sur son cheval la plupart du temps, répond Guillaume en levant sa tasse pour trinquer.

— Lorsqu'ils montent le camp ? tente Maryvonne.

— Ils ont des armes. Ils vont tirer à vue. Et ils s'installent autour de nous, précise Freddy en riant

— Lorsque tout le monde dort ? suggère Nour en souriant

— Il n'y a que nous qui dormons. Ils sont trente, armés, endurcis et sans aucun état d'âme. Nous sommes cinq, avec deux enfants en bas âge et nous sommes des bisounours, dis-je en m'esclaffant.

— Il reste la gnôle », intervient Michel, empli d'espoir.

Il est déjà temps de reprendre la route. J'essaie de maintenir Camilla contre moi, mais elle chouine en désignant les chevaux. Elle veut monter sur les « hue dada » et crie pour se faire entendre. Un cavalier me l'arrache des bras pour la déposer sur sa monture. Je veux hurler. Je croise le regard de Guillaume. Il est intense. Il me met en garde et me soutient. Il me porte. Je souris et béatifie comme une idiote sur le gentil monsieur qui prend soin de ma fille.

Nous avons un plan. Il a mille chances de cafouiller mais je m'y raccroche toute le long de la marche. Notre condition de prisonniers m'apparaît subitement. Nous marchons autour de notre carriole d'un pas pesant, nous enfonçant dans la neige parfois jusqu'aux cuisses. Les nomades nous entourent, leurs montures au pas, en nous jaugeant avec dédain, ma fille en otage.

Michel avait dissimulé une réserve de whisky trouvé dans la cave du camping dans lequel il est resté quatre ans. Il n'avait pas osé nous le dire, tenant à cacher ce détail à deux mères allaitantes qui, en plus avaient un rôle dans la Révolution. Il se sentait l'âme d'un contrebandier, d'un vulgaire touriste ramenant dans ses poches une caisse de quarante bouteilles de « Black Cleopatra » non déclarées à la douane. L'alcool dort sous les sacs de céréales. Il compte l'offrir en fin de marche, alors que nous devons bivouaquer à quelques kilomètres de la ville fantôme où l'échange aura lieu. L'échange de nos personnes contre des pierres précieuses évidemment.

Le froid s'immisce dans tous mes pores, me glace le sang et le cœur. Je sens le regard de Guillaume sur ma nuque. Si nous nous sortons de là, je le remercierais. Il n'en a aucune idée, mais son soutien me permet de ne pas m'évanouir à chaque fois que j'entends le rire de Camilla perler dans les bras d'un de nos ravisseurs.

Notre plan a des lacunes. Tout d'abord, il y a toujours le risque que les nomades ne boivent pas d'alcool. Cela dépend des régions, des religions, des cultures. Et nous ne les avons jamais vu prendre l'apéro. Le petit Pastis et la pétanque pour accompagner la palabre, c'est purement franchouillard. Ils n'ont peut-être simplement plus de réserves, ils ont tout bu avant que nous les rejoignions et vont se jeter sur le whisky égyptien.

Je ne ressens plus mes pieds, gelés. Ma capeline est lourde de neige. Les larmes coulent à l'abri de ma capuche. Ma fille manque à mon être. Guillaume pose sa main entre mes omoplates lorsque je n'arrive plus à lever les jambes et me pousse légèrement vers l'avant. C'est la seule source de chaleur en moi dans cette journée interminable qui se terminera certainement par notre mort à tous.

Peut-être aussi que les nomades boivent beaucoup, leurs corps habitués à l'alcool pour se réchauffer dans le froid et la nuit, pour tenir le coup lors des interminables chevauchées, des bagarres et des veillées au coin du feu. Guillaume et Michel seront ivres bien avant nos ravisseurs, et renforceront le dédain des cavaliers à notre encontre. Et les hommes se feront vendre comme esclaves, avec la gueule de bois en prime.

Le rythme ralentit, nous apprêtons à poser le campement. Ma fille se jette dans mes bras et me couvre de bisous, encore tout excitée de sa longue et palpitante journée. Guillaume nous enveloppe d'une couverture, il me glisse que tout va bien se passer en souriant. Je pleurerais presque de reconnaissance mais il faut que je m'occupe d'un autre problème dans notre plan. Qu'allons-nous faire des femmes du camp ? Petites mains discrètes qui vivent dans l'ombre de leurs époux mais qui semblent éprouver une certaine sympathie, notamment pour Freddy.

Michel débarque la caisse à coup de cris enthousiastes, suivi par un Guillaume qui a envie de prendre l'apéro comme de se pendre. Il adresse des signes amicaux aux nomades qui le regardent avec exaspération. Il leur tend une bouteille, fait mine de boire tous ensemble en filant de grandes claques affectueuses à celui qui nous semble être le chef.

L'homme dégaine son sabre. C'est la fin du camping-cariste. Il ne le savait pas, mais il y a bien pire que les punks à chiens sur la route. Un sourire se dessine sur le visage du nomade. Dans un geste ample et rapide, l'homme accomplit un arc de cercle parfait avec son arme. Cela s'appelle sabrer le champagne. Ou plutôt le whisky. Dans la main immobile de Michel, la bouteille n'a plus de goulot. L'apéro commence sous les meilleurs auspices.

Nous cuisinons avec les femmes. Nous touillons le gruau qui servira de repas pour tout le monde. C'est juste que nous avons droit à une part plus petite que nos hôtes. Une des épouses du chef me regarde avec insistance. Elle sait. Nous avons gardé nos vêtements chauds sous la tente, où le feu sous la marmite maintient une température agréable. Freddy n'a pas effacé son épaisse couche de maquillage. Nour et moi ne laissons pas gambader nos enfants comme habituellement. Nous nous préparons à fuir et cette dame l'a compris.

Même si Michel et Guillaume parviennent à saouler la trentaine de nomades sanguinaires qui veulent nous vendre, nous allons nous évader dans le noir et la neige, à pied. Impossible d'amener Rosette et Avancedonc avec nous, même si nous savons d'avance le sort qui leur sera réservé. J'espère juste qu'Avancedonc sera assez coriace pour leur péter les dents une fois dans leur assiette. Je tente d'imaginer que nous leur échapperons, sans savoir quelle direction prendre, en leur laissant des marques dans la neige aussi nettes que des pancartes clignotantes à Las Vegas. Mais c'est un peu dur de se projeter sur ce scénario.

Quelques femmes reviennent avec les plats. Leurs époux n'y ont pas touché. Elles nous miment des hommes ivres, qui titubent, grondent et menacent de donner un coup de poing. Elles craignent la violence qui leur retombera dessus et nous en tiennent responsables. La femme du chef me fixe toujours. Je ne sais interpréter son regard. J'ai les larmes aux yeux en mangeant du bout des doigts ma gamelle. Nous avons si peu de chance de nous en sortir.

Nous prendrons vers l'ouest, plus bas que prévu, en espérant longer la zone des conflits si jamais nous arrivons jusque-là. Nous essayons d'expliquer que la ville voisine nous intéresse beaucoup et nous posons un maximum de questions sur son organisation, les endroits où nous pourrions nous y réfugier pour un pique-nique. Peut-être qu'elles sont aussi naïves que leurs hommes le pensent de nous, que cela est crédible et qu'ils iront nous chercher dans les réserves de savons.

L'épouse du chef hoche la tête. Soudain, elle sourit et me tend un paquet. Je le glisse sous ma tunique en la remerciant du regard. Nous courrons à une mort certaine dans cette fuite. Mais nous préférons tous nous faire tirer comme des lapins plutôt que d'être vendus comme esclaves sexuels.

Michel débarque en titubant.

— C'est le moment les filles !!!!

Freddy ne relève pas le lapsus et nous sortons de la tente. Je me retourne une dernière fois, les cavalières me regardent toutes, l'œil grave et impénétrable. Guillaume nous rejoint, en louchant. Nous ne pouvons pas courir très vite, les hommes ont des difficultés pour mettre un pied devant l'autre. En plus, Michel rit comme un idiot.

Camilla se met à pleurer en montrant les chevaux attachés à un poteau planté là quelques torches plus tôt.

— Hue Dada !

Si nous voulions partir discrètement, c'est raté. Nous faisons un vacarme terrible. Michel précise en s'esclaffant que ce n'est pas grave, qu'ils sont tous ronds comme des barriques. Le Black Cleopatra est une arme de destruction massive.

Freddy détache les montures. C'est une bonne idée. S'ils se carapatent, nos poursuivants auront plus de difficultés à nous suivre. Puis il en enfourche maladroitement un. Ah oui, ça aussi, c'est une idée. Camilla me fait un caprice. Je regarde l'immense bête devant moi en me demandant comment il est possible de monter là-dessus. Guillaume me soulève d'une main et me lance sur l'animal. Je m'y cramponne comme je peux, sous les applaudissements de ma fille qui s'accroche à la crinière et se couche sur l'encolure pour faire un câlin. J'essaie de me détendre. Je donne un petit coup sur la croupe. C'est parti. Je ferme les yeux et sens le vent fouetter mon visage.

Je ne vais pas mourir avec la gorge tranchée par un sabre, mais en tombant de ma monture dans la neige. C'est quand même beaucoup plus classe.

La chevauchée

Je ne suis pas encore tombée. Michel si, deux fois. À la dernière, il vomit. Cela nous permet de faire une petite pause et de se compter. Dans ce noir et à cette vitesse, je ne suis pas sûre que nous soyons tous là. Freddy, son maquillage dégoulinant et ses cheveux bruns ébouriffés. Nour sous sa capeline, George devant elle qui joue avec la crinière du grand étalon. Maryvonne, frêle, blanche et crispée. Guillaume, qui a l'air d'avoir à peine plus supporté l'alcool que Michel, et qui manque chuter de son cheval quand celui-ci se penche pour gratter la neige à la recherche d'une racine.

Nous montons à cru. Aucun de nous ne maîtrise ce mode de déplacement, à part quelques lointains cours d'équitation dans notre jeunesse. Nous n'allons pas aussi vite que les nomades. Et la lecture du ciel reste aléatoire. De toute façon, les étoiles sont invisibles sous l'épaisse couche de nuages qui ne donnent même plus la neige qui aurait pu recouvrir nos traces.

Michel devrait se dépêcher de vomir car nous sommes loin d'être en sécurité. Guillaume est rassurant. Ils les ont laissés à la limite du coma éthylique. Le temps qu'ils se réveillent, qu'ils émergent, qu'ils comprennent ce qu'il s'est passé, qu'ils se vengent sur leur femme, qu'ils retrouvent leurs chevaux, qu'ils se battent pour savoir lesquels d'entre eux terminent la route à pied, nous devrions être rentrés au pays. Vision un poil optimiste, mais tellement rassurante.

Une vague lueur nous attire vers l'ouest, vers le crépuscule. Il est d'ailleurs très compliqué de me dire que je chevauche de nuit vers le soleil couchant, vers la veille. Heureusement que le temps n'a plus court depuis plus de quatre ans parce que sinon, ce problème métaphysique me rendrait folle.

Malgré la tentation de rejoindre la lumière, nous poursuivons vers le nord, pour éviter les conflits opposant les rebelles à un noyau du gouvernement de la NFC. Nous avons trop souffert d'eux pour se tenter un fast food. Nous tombons tous de fatigue, nos montures aussi, mais nous continuons.

Nour galope en tête. Je devine juste son ombre encapuchonnée. Elle est belle, fendant l'air et faisant voler la neige fraiche dans son sillage. Nos chevaux la suivent naturellement. Heureusement, car je n'ai pas compris comment guider ma jument, en dépit des recommandations de mes compagnons de m'incliner dans les virages comme sur une moto. Ils sont gentils, mais moi, je n'ai connu que les mobylettes des copains pour aller à la plage en cachette de mes parents. C'est un peu léger comme expérience. Alors je me contente de suivre les mouvements qui me bercent. Et de m'endormir.

Le soleil se lève. Ou plutôt il se couche. Mais nous arrivons par l'autre sens. La neige n'est plus. Les feuilles des végétaux sont de nouveau vertes, tirant sur le jaune. L'automne doit poindre dans cette région de la Turquie. Nous cessons notre course au bord d'un ruisseau, à la lisière d'une forêt qui va nous permettre de nous cacher, nous reposer, et manger les quelques victuailles que l'épouse du chef nomade m'a donné avant notre fuite.

Mes compagnons dorment tous. Enfin Michel et Guillaume cuvent. Je veille. J'entends soudain un vrombissement. Les branches s'agitent, les arbres s'aplatissent, les chevaux hennissent. C'est un hélicoptère. Je n'ai même pas le réflexe de réveiller mes amis. Des gens en descendent par une échelle. Ils courent jusqu'à moi en tenant leurs chapeaux de paille à rubans. Ils dégainent leurs appareils photos.

Un guide explique en anglais que je suis un spécimen d'autochtone ayant survécu à la catastrophe solaire en me nourrissant de racines et de champignons. Nous avançons le plus souvent à pied, mais comme l'atteste la présence d'équidés à nos côtés, nous commençons à développer différentes méthodes de déplacements. Notre mode de reproduction est rudimentaire et probablement que nous nous reposons après une parade nuptiale. Nous ne connaissons pas la médecine, la physique et l'écriture, mais comme cela peut se voir à mes boucles d'oreilles, l'art émerge timidement. Les dernières études laissent à penser que nous enterrons nos morts, preuve formelle de notre humanité malgré notre aspect.

Les flashs crépitent puis le groupe remonte par l'échelle. L'hélicoptère s'éloigne. Le calme revient dans la soirée. Je ne sais comment je vais expliquer à mes compagnons que nous sommes devenus une attraction exotique pour touristes.

Ils ne me croient évidemment pas, me calent sur ma jument et nous reprenons la route. Nous parcourons ainsi la Turquie, et son curieux lac où les chevaux galopent avec de l'eau à mi-jarret. Nous y faisons une pause pour faire trempette. Quelle joie de voir Georges et Camilla s'éclabousser en riant. Je me laisse flotter dans cette mer intérieure tellement salée que cela ne me demande aucun effort. Guillaume me tient la main.

A Istanbul, il me fait une bise sur la tempe pour me souhaiter de beaux rêves. J'en fais effectivement de très beaux.

La traversée de la Bulgarie est une bulle d'oxygène. C'est un pays paisible, où la température ambiante y est supportable et la végétation abondante. Les habitants nous y accueillent chaleureusement. Michel et Maryvonne y sont dans leur élément. Il ne leur manque plus que le camping-car. Nos réserves sont maigres mais nous n'avons aucun mal à nous nourrir et nous abreuver.

A Belgrade, en Serbie, la fatigue commence à se faire sentir. Guillaume prend Camilla sur ses épaules, me fait un clin d'oeil.

— Va te reposer ma chérie.

Je reste longtemps les yeux ouverts sur le ciel bleu. Il m'a appelé « ma chérie ». Il est malade. Puis je m'endors lorsque je comprends qu'il parlait probablement à ma fille.

Nous galopons jusqu'à Zagreb, où nous attend une antenne de Résilience. L'accès à internet nous donne la date. Nous sommes à la fin de l'automne, la saison des pluies devrait bientôt poindre dans mon oasis. Ma boite mail explose. Il y a encore beaucoup de travail à faire pour unifier, fédérer, actualiser les cartes, détecter les ressources, organiser les échanges, diffuser les plans. J'y passe de longues heures. Sur un des serveurs, alors que j'alerte les voyageurs contre les nomades vendeurs d'esclaves, je reçois un curieux message que Nour peine à me traduire. Il s'agit de l'épouse du chef. Les femmes ont profité des effets de l'alcool pour leur trancher tous la gorge. Elle me remercie et s'en va vivre paisiblement avec ses sœurs. Cela me fait froid dans le dos. Mais au moins, mes cauchemars vont peut-être cesser.

La Slovénie nous ouvre ses portes, Ljubljana étant une belle ville où Guillaume me vole un baiser sur un ancien tremplin à ski désaffecté.

Nous traversons l'Italie en quelques heures il me semble. Derrière les Alpes, c'est mon pays qui m'attend. Je suis un peu déçue de trouver le Mont Blanc tout vert avec une mer des glaces totalement fondue, même si je m'y étais préparée. Et puis je crois que je me suis mise à détester la neige. Je rêve d'une oasis dans le désert, sans froid, sans tapis blanc, sans guerriers sanguinaires.

Les chevaux avalent la route, dont le goudron a maintenant quasiment disparu. Nous arrivons près d'un lac où l'eau ne s'est pas évaporée. Maryvonne et Michel sont très émus, c'est chez eux. Ils remontent le chemin de montagne à pied, tenant leurs montures par la longe. Nous les suivons de loin. Un homme s'élance à leur rencontre, se jette dans leur bras. Leur fils. Les larmes coulent sur mes joues et se noient dans mon sourire.

La joie est de courte durée. Le cadet, l'artiste monté sur Paris n'est point revenu de l'exode. La fille, l'aînée, est morte en couche il y a deux ans. Le benjamin tient le domaine. Il est heureux de retrouver ses parents.

Michel ouvre sobrement l'unique bouteille de Black Cleopatra rescapée de la fuite. Nous en buvons tous une rasade. À la santé des enfants. À la santé de nous-même. À la santé de ces fiers camping-caristes rentrés chez eux à cheval.

Nour et Freddy décident de rester dans les Alpes. Je serre très fort mon amie et son fils dans mes bras. Jamais personne ne me manquera autant. J'embrasse Freddy sur les joues et lui essuie les traces de fond de teint qui coulent avec ses larmes.

Et, sous la pluie qui commence à tomber, je rabats mon capuchon, vérifie que Camilla est bien installée devant moi sur ma jument. Je souris à Guillaume. Nous nous élançons sur les routes en direction de mon village.

Retour au pays

Nous prenons vers le sud puis en direction de l'ouest. Nous ne marchons plus timidement, chargés tels des mules comme au début du voyage. Nous galopons, avec le strict minimum sur la croupe de nos montures, fendant la pluie incessante, et éclaboussant le miroir des flaques.

Camilla est une enfant cavalière. La jument est son amie depuis plusieurs mois maintenant. Elles se connaissent, s'entendent, se comprennent.

Elle n'a pas de nom. Elle est elle, tout simplement, et nous chevauchons ensemble.

Nous parlons peu, nous avançons. Lorsque les chevaux sont fatigués, ils s'arrêtent au bord d'un lac ou d'un cours d'eau. Nous suivons leur rythme, et nos pauses se font en fonction d'eux. Nous préparons le campement, selon des gestes mille fois effectués, jadis sur les crêtes pyrénéennes, puis lors de la traversée des pays de l'Est de l'ancienne Europe.

A l'abri d'une épaisse couverture, nous faisons un petit feu qui laissera quelques braises,   non pas pour tiédir l'atmosphère mais pour faire chauffer un peu de nourriture et sécher nos vêtements trempés.

Dans l'intimité de la tente, lorsque Camilla s'endort entre nous, la langue de Guillaume se délie. Il évoque son enfance dans les montagnes, sa famille nombreuse, son arrière-grand-mère Lisette, ses grands-parents qui travaillaient à la ferme. Il parle de sa difficulté à trouver sa place à l'école parmi des enfants qui ne lui ressemblaient pas, au collège avec des professeurs qui ne le comprenaient pas. Puis il a commencé à façonner le bois, à sculpter, à fabriquer. Sa vie a changé le jour où il s'est saisi d'une guitare. Il a su transmettre ses émotions, partager, exister. Guillaume soupire sur ses amours, ses relations épisodiques, les moments d'ennuis, de rêves, sa rencontre avec cette jeune femme égyptienne dont il s'est passionnément épris. Parfois, mon prénom revient. Une fois, il s'excuse de m'avoir blessée.

Alors c'est moi qui me raconte. En préparant le thé lorsque nous nous levons, en rangeant le camp pendant que Camilla s'amuse avec les chevaux dans la forêt, je décris mon enfance insouciante au bord de l'océan, mes parents aimant, l'ascension de la Dune, les nuits sur la plage avec les copains, les soirées étudiantes avec Clara, puis mon gros chagrin d'amour. J'ai quitté la côte, ma famille, me suis enfoncée dans les collines, dans ma petite maison pour soigner les gens. Mon existence a pris du sens lorsque j'ai découvert la maladie, la vieillesse et la misère. Je suis devenue enjouée, douce et capricieuse. La vie me le rendait bien.

Nous avançons maintenant dans des paysages qui se font plus arides. En dépit de la pluie qui ruisselle, la terre reste craquelée du manque d'eau de la saison sèche. Les quelques villages que nous croisons sont désertés, mais peut-être l'étaient-ils déjà lorsque le soleil se couchait encore. Il est cependant curieux de découvrir la steppe à cet endroit. Nous nous perdons. Je gagne du temps. Notre quotidien à tous les trois me semble heureux, malgré la nostalgie évidente de Guillaume.

Un soir d'éclaircie, alors que nous pouvons entrapercevoir un morceau de ciel bleu, nous prenons le thé au bord de l'eau, Camilla sagement endormie sous la tente. Guillaume me rappelle le jour où il est venu chercher Mamie Lisette. Ses yeux rient quand il me raconte mon déhanché trop marqué en dansant, mon regard appuyé et mes signes pour qu'il vienne me rejoindre. Je rougis. C'est un moment qui reste très confus dans ma tête.

Je lui dis à quel point j'étais gênée qu'il découvre mon eczéma géant, mes bourrelets, mon filet de bave lorsque je dors.

— Ce n'est pas pire que tes caprices sur la route, et le compte minutieux de tes ampoules aux pieds !

— Tu m'avais cachée que tu venais avec nous !

— Je n'aurais manqué cela pour rien au monde !

Nous nous endormons dans les bras l'un de l'autre jusqu'à ce que l'orage nous réveille. Demain, nous serons chez moi.

La steppe laisse place au désert. Je ne veux pas trop m'y attarder. J'ai un mauvais souvenir de l'Espagne terrestre, des cris de Nadine et du (premier) abandon de Guillaume. J'ai tout de même subi des moments difficiles à cause de cet idiot. Nous accélérons le rythme.

Dans l'océan de sable, sous la pluie interminable, j'aperçois enfin les grands arbres verts. Nous arrivons à l'Oasis qu'est devenue mon village.

Nous avançons au pas sur une longue allée sableuse signant la rue principale endormie. Je ne reconnais pas. Les demeures n'ont plus rien des grandes bâtisses traditionnelles à colombages. Ce sont d'adorables maisons basses et carrées blanchies à la chaux, aux contrevents bleus. Les palmiers et dattiers ont remplacé les chênes et noyers d'antan. L'allée nous guide jusqu'à le centre. Tout est tellement différent que j'ai peine à reconnaître la place qui vit tant de parties de pétanque et de discussions d'anciens sur les bancs en bois, aujourd'hui disparus.

Le sable est partout, non pas comme la folie du désert espagnol, mais comme une joyeuse plage estivale surmontée d'une belle petite dune, surmontée d'une croix. Je mets pied à terre, portant toujours ma fille dans mes bras. Le clocher s'érige fièrement d'entre le sable. Je revois l'église qui se tenait là jadis, maintenant recouverte. Je reconnais alors les commerces et services qui entouraient notre jolie placette fleurie. Le bureau de poste devenu un maréchal ferrant. Le vendeur de tracteur tondeuse où se détache dans une belle écriture cursive les mots « Savetier, le spécialiste de la chaussure de l'Oasis ». L'ancienne boutique de vêtements affichant de larges drapées soyeux et colorés.

L'odeur du restaurant réveille mes souvenirs de confit de canard cuit dans sa graisse, vestige d'une cuisine du Sud -Ouest que je pensais disparu. Il y a des choses qui ne changent pas. Tout comme le petit bar, où s'entassent visiblement les villageois, comme des années auparavant.

J'avance doucement vers mes souvenirs, vers ce lieu ensablé que je ne connais pas. Des bras puissants me soulèvent soudain de terre. Franck. Clara me serre dans ses bras, puis Nadine, Louis, les voisins, le maire, les petits vieux de mon village, des inconnus et j'y reconnaitrais presque le SDF de la coupe du Monde. Ils sont tous là, me touchant, pleurant, m'étreignant contre eux.

Alors qu'ils m'entraînent tous dans leur sillage, mes yeux et mon cœur comprenant à peine ce qui m'arrive, une main attrape la mienne et me tire en arrière. Guillaume est là, son regard bleu empli de tendresse. Il m'embrasse longuement, puis pose ses lèvres sur mon front.

— Je t'aime.

Il remonte sur son cheval et disparaît derrière le rideau de la pluie. Le bougre !

Epilogue

Je monte doucement la Dune. Clara, à mes côtés, boite un peu. L'arthrose ne nous a pas épargné. Nous sommes le 14 juillet 2056 et la nuit n'est toujours pas tombée. Nous nous installons au sommet et nous dégainons nos pouces.

L'océan s'est éloigné. La Dune n'est plus seule. Ses sœurs se succèdent jusqu'au bleu de l'eau dans lequel se reflète le soleil de 19h32. Nos pouces ne sont pas de la bonne taille, mais nous le savons. Clara sort de sa poche un pouce de Franck. C'est un petit instrument de mesure qui a court dans le Désert. Il permet d'apprécier les distances de plantation, les épaisseurs de torchis, les dépôts au fond des fûts. Et l'écart entre l'astre solaire et l'océan évidemment.

Franck, l'époux de Clara, est décédé l'an dernier. C'est notre première ascension sans lui. Elle est un peu triste, mais il a eu une vie bien remplie et s'est éteint paisiblement à 84 ans. Il était le patriarche de l'Oasis. Sa fille Amandine a repris le brassage de la bière, et le transmettra un jour à l'un de ses enfants.

D'ailleurs, les jeunes arrivent au sommet également. Ils portent le pique-nique dans leurs besaces. Nous, nous sommes trop âgées pour porter autre chose que nos vieilles carcasses. Nous déballons la semoule aux raisins secs avec les boulettes de chèvres séchées aux épices et aux herbes, les pains sucrés, les mangues, les papayes et les bananes. Je sais que les gamins vont encore me demander, comme ils le font tous les ans, comment, ma petite troupe et moi, sommes partis en Afrique pour aller chercher tout cela.

Camilla arrive enfin, en tenant son bébé contre elle. Mon petit-fils. J'espère que la maternité l'amènera à rester un peu à l'Oasis. Le spermatozoïde qui m'a fécondée devait être un vrai nomade. Ma fille passe son temps à courir le monde à cheval, emportant les courriers de ville en ville, de montagnes en campagnes. Elle permet aux familles éloignées de se donner des nouvelles, l'Internet s'étant éteint voilà plusieurs décennies. Je suis très fière d'elle, belle jeune femme grande et svelte au teint mat, altière et indépendante. Elle me tend une lettre dans une enveloppe jaunie. Nour.

Mon amie ne viendra pas au rendez-vous de la Dune cette année. Elle est en train de négocier la paix dans une région nocturne isolée. Elle me manque terriblement. Je n'oublierai jamais nos mois à la Couveuse, notre fuite à la vodka et la traversée des pays d'Europe de l'Est. Elle vient parfois nous rendre visite, entre deux missions diplomatiques.

Freddy porte le thé. Sans maquillage, les rides au coin des yeux et les cheveux grisonnants sur les tempes, il ne ressemble au jeune homme que j'ai connu au STraSS, que par son regard rieur. Il est resté dans les Alpes, en compagnie de Michel et Maryvonne, pour s'occuper du domaine. La vie a réservé une belle surprise au couple de camping-caristes et à mon ami. Elle leur a ramené un jour leur benjamin artiste, qui se maria quelques années plus tard avec Freddy. Je me souviens encore de la noce, une délicieuse fête dans les montagnes fleuries au bord du lac.

Mes parents nous ont rejoints à l'Oasis. Ils nous y attendent, avec Nadine et Louis, tous les quatre centenaires. Nadine et Louis sont toujours aussi amoureux. Papa fabrique une fusée pour coloniser une autre planète. Maman a la même maladie que Mamie Lisette jadis. Elle parle un peu toute seule, nous accuse parfois de lui voler ses cactus, mais elle est restée douce et chante des berceuses à mon petit-fils.

Sophie, ma deuxième fille, porte les bières, les dernières qu'a brassé Franck. Nous les gardons pour les grandes occasions. Elle a hérité des yeux bleus de son père et des idéaux de sa mère. Elle m'aide beaucoup à Résilience. Je suis contente du travail accompli durant toutes ces années. Évidemment, la paix n'existe pas partout. Le gouvernement de la NFC a disparu, pour laisser place à des groupuscules extrémistes, des nostalgiques de l'industrialisation, des avides de richesse ou de pouvoir. Nous les combattons avec patience. Ils font aussi l'équilibre de ce monde. Dans tous les cas, la Terre n'est plus sur le point d'exploser comme il y a 38 ans.

Guillaume pose sa guitare, s'assoit à côté de moi et me prend la main. Je lui souris, il me répond. Ce sont les mêmes sourires que nous avions échangés lorsqu'il était revenu, après les quelques semaines passées dans sa famille. Depuis, nous ne nous sommes plus quittés. Nous avons élevé Camilla et Sophie, nous avons voyagé, nous avons bâti notre Oasis, nous avons eu une existence simple et riche de notre amour.

Mon compagnon me désigne le soleil. Il se couche sur les eaux calmes de l'Océan. Nous rassurons les enfants qui n'ont jamais connu le crépuscule. Ils découvrent les rouges et l'orangé, le violet et le bleuté, puis le noir de la nuit. Les étoiles s'éclairent une à une. La lune apparaît dans un mince croissant brillant.

Je m'allonge sur le sable, entourée des miens, la main dans celle de Guillaume. Demain sera peut-être un autre jour.

FIN